D0614749

LA FACTURE

"Lettres scandinaves"

Titre original :
Fakturan
Éditeur original :
Wahlström & Widstrand, Stockholm
© Jonas Karlsson, 2014
Publié avec l'accord de Salomonson Agency

© ACTES SUD, 2015
pour la traduction française
ISBN 978-2-330-05099-3

JONAS KARLSSON

La facture

roman traduit du suédois
par Rémi Cassaigne

ACTES SUD

1

C'était un montant invraisemblable, 5 700 000 couronnes. Impossible de prendre ça au sérieux. J'ai supposé qu'il s'agissait d'une de ces escroqueries dont on parle à la télé et dans les journaux. Des sociétés sans scrupules qui extorquent de l'argent, souvent à des personnes âgées.

C'était bien fait. Il faut le dire. Le logo m'a semblé authentique. Je ne m'y connais pas bien, je ne reçois pas beaucoup de courrier, à part les factures habituelles. Celle-ci, en gros, leur ressemblait. À part le montant, bien sûr. L'en-tête WRD s'étalait en caractères gras et le texte sur les modalités de règlement était formulé de façon crédible. Le tout avait ce ton sec et objectif caractéristique des administrations.

Et si c'était pour de bon, il devait s'être produit un colossal malentendu. Une machine devait m'avoir pris pour une grosse société ou peut-être un consortium étranger. 5 700 000 couronnes. Qui recevait de telles factures ? J'ai ri à l'idée que quelqu'un puisse payer une telle somme par erreur, et j'en suis resté là.

J'ai bu un verre de jus de fruit, tassé quelques tracts publicitaires dans le bac de recyclage, toutes les petites annonces et autres brochures d'information curieusement parvenues à passer outre la plaque PAS DE PUB de ma boîte aux lettres, j'ai enfilé ma veste et suis parti travailler.

J'avais un poste à mi-temps dans un vidéoclub pour cinéphiles. Nous étions deux à travailler là, deux, trois jours par semaine : passer commande, classer les films entrants, les cataloguer et les disposer sur les présentoirs. Parfois, il fallait aider un client à trouver le bon film ou lui expliquer pourquoi nous n'avions pas encore reçu telle édition spéciale avec bonus, ou alors pourquoi ce bonus ne comprenait pas telle ou telle interview que le client avait vue en ligne, dont il pensait qu'elle éclairait de façon nouvelle l'œuvre du cinéaste et dont il ou elle (le plus souvent il) pouvait me citer des pans entiers, si j'avais envie d'écouter. La plupart du temps, je le laissais parler en pensant à autre chose.

Il y avait un peu de vent dehors mais c'était censé être une saison à porter la veste : la plupart des arbres se couvraient déjà de feuilles. En marchant, j'ai songé à cette facture, me demandant comment ils avaient trouvé mon nom et mon adresse. Avaient-ils pris au hasard le premier venu ? Quelqu'un avait-il des coordonnées presque identiques aux miennes ?

La vitrine de la boutique était couverte d'une pellicule de pollen vert-jaune et la porte difficile à ouvrir. On avait beau régler le groom, rien n'y faisait : soit elle était coincée, soit elle s'ouvrait au moindre courant d'air. Aujourd'hui, elle se bloquait à demi ouverte.

Le sol poissait sous mes chaussures quand je suis allé pendre ma veste au crochet, sous le comptoir. Dans la kitchenette, derrière la caisse, j'ai mis en route une cafetière. Du brûlé accrochait au fond : Tomas, qui venait les autres jours, disait qu'il n'en buvait jamais, mais moi, je ne trouvais pas ça si grave. Au contraire, même, ça donnait un peu de corsé à cette lavasse.

J'ai poussé à plusieurs reprises la porte du placard du bas qui refusait de se fermer correctement car il manquait un des aimants. Chaque fois elle se rouvrait et bâillait de quelques centimètres. J'ai fini par rouler un bout d'adhésif Tesa que j'ai coincé à l'intérieur de la porte, qui est alors restée en place.

Dans le bac, sous la caisse, s'entassaient les retours de la semaine dernière que Tomas n'avait pas eu le courage de remettre sur les présentoirs. Je les ai inspectés en attendant que le café finisse de passer. Il y avait un Kubrick, un Godard et *La Prisonnière espagnole* de David Mamet. Je l'ai retourné pour lire le dos de la jaquette.

Cela faisait longtemps que je l'avais vu. C'était à l'époque où j'étais avec mon grand amour, Sunita, et que nous nous montrions nos films favoris. Je ne sais même pas si nous l'avions regardé jusqu'au bout. Elle ne l'avait pas trouvé si bien que ça.

Le café prêt, j'ai dégoté dans le frigo un fond de lait qui n'avait que quelques jours. Je l'ai versé dans mon café, que j'ai bu avant d'aller ranger les films.

En retournant derrière le comptoir, j'ai senti à nouveau que le sol était poisseux sous mes pieds. J'ai supposé qu'on avait renversé du Coca-Cola ou quelque chose de ce genre car, où qu'on aille, les chaussures collaient au lino. En fait, ça faisait un bruit assez drôle – pour peu qu'on marche en rythme.

Je suis resté un moment derrière le comptoir à réfléchir à la possibilité qu'une personne ait pris mon identité, l'ait usurpée, comment dire? Qu'elle ait commandé quelque chose puis ait laissé l'entreprise me facturer ce montant insensé. Mais que commande-t-on qui coûte 5 700 000 couronnes? Quand même, il devrait y avoir un meilleur contrôle sur ce genre de commande.

Entre onze heures et onze heures et demie, un petit rayon de soleil entre directement dans la boutique. J'ai penché la tête de côté, pour essayer de voir ce qui poissait le sol et, en effet, sous un certain angle, on distinguait de petits îlots de ce qui était probablement du soda renversé. J'ai regardé ça un moment. Ça ressemblait un peu à une mappemonde dont on aurait ôté quelques pans de l'Asie et de l'Australie. J'ai plissé les yeux. L'Afrique était vraiment réussie. Sans parler du Groenland et de l'Alaska. Mais je me suis dit que c'était peut-être juste parce que les détails de ces régions-là ne nous étaient pas si familiers. J'ai réfléchi un moment : quelles frontières connaissais-je le mieux, à part la Suède, bien sûr? J'en ai conclu que c'était malgré tout celles des pays d'Europe du Nord. Un moment après, le soleil a disparu par-dessus les toits. Mais le collant était toujours là, on l'entendait clairement chaque fois qu'on marchait dessus.

J'ai téléphoné à mon chef Jörgen pour lui demander si nous pouvions acheter une serpillière. Il a dit que c'était d'accord. Que ça pourrait être bien d'en avoir une à l'avenir, et que ce serait bien, du coup, si je pouvais faire le sol.

"Garde juste le reçu."

Je suis donc allé à la quincaillerie acheter un de ces seaux avec petite corbeille essoreuse et serpillière. Je l'ai rempli d'eau chaude et me suis dit alors qu'il aurait peut-être fallu de la lessive ou un quelconque détergent, mais que ça partirait peut-être aussi bien sans, pourvu que l'eau soit assez chaude. J'ai passé la serpillière partout. Beau résultat. La boutique tout entière paraissait plus jolie. Presque un peu luxueuse. J'ai changé l'eau plusieurs fois et j'ai fini en essuyant aussi la semelle de mes chaussures. Puis je me suis assis un moment et j'ai changé le fond d'écran de mon téléphone. Je l'ai éteint, rallumé, changé encore une fois.

Pile à l'heure du déjeuner, mon copain Roger est passé. En sortant des toilettes, je l'ai trouvé là, en train de parler au téléphone. Il m'a fait un signe de tête. Puis est reparti. Vingt minutes plus tard, il est revenu et m'a demandé s'il pouvait finir les restes de mon déjeuner.

"C'est OK, hein?" a-t-il demandé, et moi j'ai répondu que oui.

Il s'est assis sur le tabouret derrière le comptoir pour avaler ce qui restait de nouilles et de viande dans ma barquette. Il m'a dit qu'il était enrhumé depuis bientôt trois semaines, mais que c'était peut-être enfin en train de passer.

"Au début, j'ai eu juste un peu mal à la gorge, quoi, a-t-il dit tout en mâchant. Puis *très* mal à la gorge, je n'arrivais plus à avaler. Puis c'est descendu dans le pharynx et ça s'est transformé en une de ces putains de toux, tu sais, la vraie toux d'irritation, on arrive à peine à dormir. J'ai appelé le centre de soins pour dire qu'il me fallait de la pénicilline mais quand j'y suis arrivé, ma fièvre était tombée et ma toux commençait aussi à passer. Alors ils n'ont rien voulu me prescrire. Ils m'ont dit de prendre plutôt de l'Alvedon et de revenir si mon état empirait. Mais non. Ça n'a fait que s'améliorer depuis."

Il s'est essayé à tousser, sans vraiment y arriver. Il a soupiré en secouant la tête. Puis il a mangé jusqu'à ce que la barquette en aluminium soit récurée à fond. Il l'a alors reposée, puis a demandé si nous avions reçu de nouveaux films et, quand je lui ai répondu que non, il a soupiré à nouveau et regardé par la fenêtre.

"Bon, allez, il faut que j'y aille."

Il a fauché une poignée des bonbons que nous offrons d'habitude aux enfants et il a pris la porte. Je l'ai suivi en me disant que j'en profiterais pour accrocher la pancarte rouge pâle OUVERT.

Aucun client non plus l'après-midi, aussi me suis-je attelé à classer quelques factures. J'ai collé sur une feuille le reçu du seau et de la serpillière. Je l'ai perforée et mise dans le classeur. Jörgen voulait que tout soit rangé selon un système particulier. Les reçus dans un classeur vert et les factures non payées dans un bleu. Puis il se chargeait lui-même de les payer et de les transférer dans le vert.

Tandis que je feuilletais ça, je me suis pris à songer encore à cette étrange facture que j'avais moi-même reçue. J'ai remarqué que certaines sociétés indiquaient des montants au centime près. Ce qui donne l'impression de chiffres très longs. Parfois, il est difficile de distinguer la petite virgule entre les zéros. Pouvait-il m'être arrivé quelque chose de ce genre-là ? Peut-être avaient-ils tout simplement raté une décimale, ou ne l'avais-je pas vue ? Mais non, ça n'allait pas non plus. Car, même en ôtant deux zéros, ça restait un montant fou. Je n'avais quand même rien commandé à 57 000 balles ? Je m'en serais souvenu. Et qu'est-ce que c'était que cette WRD ? J'ai feuilleté à la recherche d'une facture semblable dans la comptabilité de la boutique, mais il n'y avait rien de tel. Non, me suis-je dit. Il doit tout simplement y avoir eu une erreur quelque part.

2

Un mois plus tard, assez précisément, est arrivée une lettre de rappel. Avec une majoration pour retard. Le montant avait été porté à 5 700 150 couronnes. J'ai regardé le papier d'un peu plus près. Sans conteste, il y avait bien mon nom et mon adresse sur l'avis. Et pas d'erreur de virgule. Aucun doute sur le montant. Cette fois-ci, la facture était émise par une société de recouvrement : SweEx.

Nous ne traitons aucun cas individuel, était-il clairement indiqué au milieu de la page. *Tout recours éventuel doit être formulé auprès de notre mandataire.* Puis un numéro de téléphone.

J'ai composé le numéro imprimé tout en bas du papier, pour tomber sur une voix synthétique qui, après m'avoir souhaité la bienvenue, a dit :

"Formulez à présent votre demande avec vos propres mots."

J'ai tenté d'expliquer de quoi il était question mais, avant que j'aie fini, la voix synthétique m'a coupé pour me dire que j'allais être mis en relation avec un opérateur.

"Vous êtes actuellement le numéro 36. Votre temps d'attente est estimé à deux heures et vingt-cinq minutes."

Après un quart d'heure, la voix électronique m'a annoncé que mon temps d'attente était estimé à deux heures et quarante minutes. J'ai souri, c'était fou, ce temps d'attente qui augmentait! Et comme tout ceci n'était qu'un malentendu, j'ai décidé de les laisser s'en rendre compte eux-mêmes pendant que je sortais manger une glace.

C'était une journée inondée de soleil. Pas un nuage dans le ciel et jusqu'à trente degrés à l'ombre. Là-bas, au kiosque, les gens se pressaient sous l'auvent comme s'ils s'abritaient de la pluie. Je suis resté un moment à attendre sur la place, mais j'ai vite senti le soleil me brûler la racine des cheveux et la nuque et j'ai couru moi aussi me protéger sous le petit toit.

Les gens bavardaient sur toutes sortes de sujets et, soudain, j'ai entendu une femme d'un certain âge dire à un type de dix-sept, dix-huit ans :

"Et toi, combien ?"

Je n'ai pas entendu sa réponse, mais bien la réaction de la femme :

"Oh, mais alors tu as quand même eu de la chance."

Le type a marmonné quelque chose. Il était impossible de rien comprendre car il avait la bouche pleine de glace et en plus me tournait le dos.

"Oui, a-t-elle continué, comparé à beaucoup d'autres, tu t'en tires à bon compte."

Je me demandais de quoi ils parlaient, mais il était difficile de tirer des conclusions en ne l'entendant qu'elle.

"C'est parce que tu n'es pas encore bien vieux, a-t-elle dit soudain. C'est forcément pire pour ceux qui ont la quarantaine." Le type a encore marmonné une brève phrase inaudible.

"Mais si, a continué la femme, ils ont profité de la vie sans compter avec ça. Ils pensaient que ça durerait éternellement et que l'État paierait la fête. Eh oui. Toi, tu en as pour quatre-cinq ans, et tu seras à nouveau dans la course. Mais eux… ça…"

Elle tenait son manteau sur le bras et regardait dans ma direction en attendant que son fils ou son petit-fils, que sais-je, finisse sa glace. Rien à faire, le jeune homme continuait à marmonner à voix basse. J'ai essayé de m'approcher pour mieux entendre, mais il était presque impossible de saisir le moindre mot. "… quand même beaucoup d'argent", m'a-t-il semblé entendre.

Mon tour est enfin venu. Je me suis décidé pour deux boules dans une coupelle. Menthe-chocolat et framboise. Mes deux parfums préférés.

En rentrant, dans l'ascenseur, je n'ai pas pu m'empêcher d'écouter en douce une fille avec beaucoup de colliers qui parlait au téléphone. Elle avait l'air très stressée. Elle tripotait un gros agenda à couverture en cuir qu'elle avait dans son sac à main, le feuilletait distraitement dans tous les sens, en faisant tinter ses colliers les uns contre les autres et, bien qu'elle ait les cheveux attachés en touffe, elle n'arrêtait pas de chasser des mèches de son visage tout en parlant.

"Mais alors est-ce que je pourrais avoir un prêt de la moitié du montant… non, je comprends que… non, mais la moitié du montant? Oui. OK. Oui. J'ai vérifié avec la banque et ils m'ont promis dix mais alors c'est quand même… oui."

Elle a noté quelque chose dans son agenda.

"Mais si vous me prêtez la moitié du montant, alors… Oui. La facture s'élève à…"

Elle a croisé mon regard et s'est tue brusquement. Comme si elle venait seulement de s'apercevoir de ma présence. La personne à l'autre bout du fil a continué à parler, mais la fille se contentait désormais d'opiner en sourdine.

Je ne sais pas pourquoi, cette conversation m'a mis mal à l'aise. J'avais l'impression qu'ils parlaient de quelque chose qui aurait dû me concerner, quelque chose qui m'avait échappé. Un peu comme quand on revient de voyage et que tout le monde parle de la dernière vanne de telle célébrité ou chantonne la scie de l'été qu'on est le seul à n'avoir jamais entendue.

Revenu chez moi, ma glace était presque finie. En raclant bien ce qui restait au fond, j'en ai renversé un peu sur l'avis de rappel qui était toujours sur la table. J'ai alors réalisé que, si on ne payait pas ces sociétés de recouvrement, on écopait d'un signalement informatique – difficile à effacer, même s'il s'avère par la suite qu'il s'agissait d'une erreur.

À mon appel suivant, il n'y avait qu'une heure de queue. Mais un peu plus tard, le délai d'attente a été réévalué à deux heures et sept minutes. À un moment, c'est descendu à une demi-heure et, au maximum, monté à six heures. J'ai mis le haut-parleur et j'ai posé le téléphone en attente sur la table basse. Il a fallu que je le mette à charger sur sa base murale pendant que je jouais à *Fallout : New Vegas* en écoutant Mahavishnu Orchestra. L'après-midi a viré au soir puis le soir à la nuit et, peu à peu, j'ai glissé dans mon humeur la plus mélancolique. Un état dans lequel je pouvais facilement rester des heures. Parfois, il arrivait que je mette de la musique particulièrement triste, des chansons cafardeuses de Jeff Buckley ou Bon Iver, de préférence quelque garçon malheureux chantant son cœur brisé et ses rêves détruits, pour que je puisse me vautrer tout mon saoul dans cette tristesse sans fond. Rester là à m'abîmer dans la nostalgie et la déprime. Cela me procurait une satisfaction toute particulière. Un peu comme gratter une vieille plaie, une croûte – on ne peut juste pas s'en empêcher. Au bout d'un moment, je me suis lassé malgré tout et je suis allé chercher quelques vieux journaux pour les relire. J'ai réussi à m'assoupir un peu au milieu d'un long reportage sur les projecteurs et les solutions sans fil pour les box télé.

Il était déjà huit heures le lendemain matin quand mon tour est arrivé. Une voix féminine claire et un peu enrouée m'a répondu. J'ai commencé par demander ce que c'était que leur foutu système de file d'attente.

"C'est quand même dingue. On commence par avoir un délai d'une heure, puis tout d'un coup c'est le double. Puis à nouveau la moitié et, avant qu'on ait le temps de dire couic, c'est trois heures de queue."

Elle s'est excusée en disant que le système était en cours de développement.

"Il souffre encore de maladies infantiles. L'idée est de mettre en place un système de file d'attente plus dynamique et adapté au client. Ça peut sembler parfois un peu déroutant…

— Sans blague ?

— Non. C'était à quel sujet ?"

Je lui ai dit que j'avais reçu cette fameuse facture et qu'il devait forcément s'agir d'une erreur, voulait-elle avoir l'amabilité de rectifier ça ? Elle a écouté attentivement puis m'a expliqué que tout était normal. Aucune erreur n'avait été commise et, non, je n'étais pas le premier à appeler. J'ai bien dit que je n'avais commandé aucun bien ni service, mais elle était formelle, la facture était correcte. Quand je lui ai demandé de quoi il s'agissait, elle a soupiré : je ne lisais pas les journaux, ne regardais pas la télé ni n'écoutais la radio ? J'ai dû reconnaître que ce n'était pas trop mon truc.

"Écoutez, a-t-elle dit, et il m'a presque semblé l'entendre sourire à l'autre bout du fil. Maintenant, il faut payer."

3

Une brume de chaleur s'effilochait dans le ciel, de l'autre côté de la fenêtre. Ce devait être la journée la plus chaude de l'année. Dehors, tout semblait trembler. Des enfants se poursuivaient sur le trottoir en se tirant dessus avec des pistolets à eau. J'entendais leurs cris ravis quand ils étaient touchés par les jets d'eau bien fraîche. Au balcon, en face, une femme secouait un tapis. Une pétarade de mobylette se répercutait entre les façades. Elle s'estompait, revenait. Comme si quelqu'un faisait du porte-à-porte à la recherche de quelque chose.

"Avez-vous Beta ou Link? a demandé la femme au téléphone.

— Comment?

— À quel système de paiement êtes-vous connecté?

— Aucune idée. Je ne crois pas en avoir.

— Ah non?

— Non.

— Mais vous avez un plan?

— Un plan ?

— Vous avez bien un plan de remboursement lié à votre indice BV ?"

J'ai attendu un instant.

"Je ne crois pas.

— Vous ne vous êtes pas enregistré ?

— Non. J'aurais dû ?"

Comme elle se taisait, j'ai répété ma question.

"Il y a quelque chose que j'aurais dû faire ?"

Elle s'est raclé la gorge.

"Disons-le franchement : oui."

Là, j'ai éprouvé le besoin de m'asseoir.

"Mais je… je dois payer pour quoi ?

— Pour quoi ?

— Oui ?

— Pour tout.

— Comment ça, pour tout ?"

J'étais assis par terre, adossé au mur de la cuisine, les genoux ramenés contre la poitrine. Mon jean commençait à être usé : il serait bientôt troué, que je le veuille ou non. Et même si je savais bien que c'était probablement passé de mode, je trouvais que ça donnait quand même un genre.

Elle a tardé à répondre mais, elle avait beau se taire, je sentais la lassitude dans sa respiration.

"Où êtes-vous, en ce moment ?

— Chez moi.

— Chez vous. Très bien. Regardez autour de vous. Que voyez-vous ?"

J'ai levé les yeux du sol et j'ai regardé alentour.

"Je vois ma cuisine.

— Mmh, et qu'est-ce qui s'y trouve ?

— Euh… Un évier. Un peu de vaisselle… Une table.

— Regardez par la fenêtre.

— D'accord."

Je me suis levé et j'ai gagné la fenêtre de la cuisine, légèrement entrebâillée. Elle était restée comme ça toute la nuit. Peut-être depuis plusieurs jours. Je ne me rappelais pas. La chaleur avait de plus en plus gommé la frontière entre le dehors et le dedans. L'autre jour, un oiseau était resté une bonne demi-heure dans la cuisine. Je ne sais pas de quelle espèce, mais il était joli. Il avait voleté entre les placards, puis était resté un moment sur la table avant de s'en aller.

"Que voyez-vous dehors ? a dit la voix au téléphone.

— Des maisons. Et quelques arbres…

— Mais encore ?

— Je vois un ciel bleu, le soleil, quelques nuages, des gens, des enfants qui jouent sur le trottoir, des adultes, des magasins, des cafés… Des gens ensemble…

— Exactement. Sentez-vous quelque chose ?

— Euh… Oui."

J'ai humé l'air de la rue. Il était sucré et chaud, plein de parfums d'été. Des fleurs, un buisson peut-être ? Un vieux fond de graillon ? Une vague odeur de pourri et d'essence. Typique parfum d'été. Quelque chose de presque méridional. On entendait à nouveau la mobylette.

"Vous sentez quelque chose, n'est-ce pas? a-t-elle continué au téléphone. Vous avez des sensations, des fantasmes, des amis et des connaissances. Et vous rêvez, je suppose?"

Elle ne me laissait même plus le temps de répondre.

"Qu'est-ce que vous voulez dire?

— Vous rêvez, la nuit? a-t-elle continué.

— Ça arrive.

— Mmh. Et vous croyez que tout ça, c'est gratuit?"

Je suis resté un moment sans voix.

"Enfin, euh… je croyais…

— Vous croyiez?"

J'ai essayé de placer une réponse, mais les idées tournaient dans ma tête sans parvenir à prendre forme. La femme à l'autre bout du fil a continué à débiter un long raisonnement où il était question de répartition des coûts, de décision, de forfait, de système de décote. On aurait presque dit qu'elle lisait.

"Mais un tel montant? ai-je dit quand j'ai enfin réussi à en placer une.

— Ah, ça… Vivre, ça a un prix."

Je me suis tu un moment, car je ne savais pas quoi dire.

"Mais… ai-je finalement lâché,… que ce soit si cher?"

4

J'ai regardé l'avis de rappel de la société de recouvrement. Passé le doigt sur la tache de glace. Je me
sentais ridicule. Nu, en quelque sorte. J'avais la
même sensation qu'il y a des années, quand, à
l'école, la maîtresse posait des questions pour nous
enfoncer le nez dans nos erreurs. J'ai à nouveau
regardé par la fenêtre. Les enfants descendaient la
rue, ils auraient bientôt disparu derrière le coin. Le
bruit de la mobylette était de plus en plus lointain.
Un homme arrivé à vélo l'attachait à un réverbère.

"Mais pourtant, j'ai payé mes impôts ?" ai-je dit.

Elle a ri. Je me suis à nouveau laissé glisser à
terre. Je ne sais pas pourquoi, là, je trouvais plus
agréable d'être assis comme ça.

"Mais il ne s'agit pas d'un impôt."

Elle s'est tue un moment, comme si elle attendait ma réaction, mais, comme je ne savais pas
quoi dire, elle a continué.

"L'impôt… Ça suffit tout juste pour les frais
quotidiens. D'ailleurs, je suppose que vous ne
faites pas partie des plus…"

Elle s'est interrompue et je l'ai entendue frapper sur un clavier d'ordinateur.

"Attendez voir, quel est votre numéro de Sécurité sociale, déjà?"

Je le lui ai dit, elle l'a saisi. Elle s'est mise à tapoter le combiné du bout des doigts en attendant.

"Ah voilà, c'est vous... trente-neuf ans. Mmh... et vous n'avez encore fait aucun versement?

— Non, je n'avais pas la moindre idée de..."

Elle m'a coupé au milieu de ma phrase.

"Eh oui, alors forcément, ça fait une petite somme."

Je l'entendais cliquer en long et en large, comme si elle consultait plusieurs pages.

"Mmh, a-t-elle repris. C'est beaucoup d'argent."

Le soleil dardait un rayon droit sur le sol de la cuisine. Il touchait en partie mes jambes. Doucement, j'ai fait jouer ma main entre la lumière et l'ombre. Pourquoi personne ne m'avait rien dit? Comme si, depuis son bureau, elle avait lu mes pensées, elle a continué d'un ton assez sévère.

"J'en ai vraiment assez que les gens disent qu'ils ne savaient pas. Nous avons fait des campagnes en ligne depuis plus d'un an, mis des annonces dans les journaux, informé les écoles et les employeurs. La prochaine fois, regardez un peu mieux dans votre salle de pause ou à la cantine.

— Dans la salle de pause?

— Oui, c'est là qu'on affiche d'habitude ce genre d'annonces.

— Mais… ai-je dit en retirant ma main du rayon de soleil. Je n'ai aucun moyen de payer."

Elle s'est tue complètement un bref instant.

"Aucun ?"

J'ai songé au modeste revenu de mon mi-temps au vidéoclub. Le peu qui restait de ce salaire, partiellement payé en liquide de la main à la main, plus un petit héritage qui se réduisait lentement comme une peau de chagrin, voilà à quoi se limitait tout mon capital.

D'un autre côté, je n'avais jamais eu de dépenses particulières. J'ai un petit apparte-ment, vieux, au loyer bas. Personne à charge, à part moi, et pas d'excès. Quelques jeux vidéo de temps en temps, des disques, un peu de nourri-ture, une toute petite facture de mobile, et j'avais les films gratis à la boutique. Parfois, j'offrais une bière ou un déjeuner à Roger, mais plus très sou-vent ces derniers temps. Je me pensais libre de toute responsabilité financière particulière. Les gens faisaient carrière, fondaient une famille, avaient des enfants. Se mariaient, se séparaient, montaient leur boîte, créaient des sociétés. Fai-saient appel à des cabinets comptables, achetaient leurs logements, leurs voitures, contractaient des emprunts. J'étais bien content d'être indépendant, sans entourage direct ni personne sur les bras.

"C'est complètement impossible. J'ai au grand maximum 40 000 couronnes à la banque.

— Et l'appartement ?

— En location."

Elle s'est tue un moment. Puis, juste :

"Un instant, je vais vérifier…"

Elle a posé son combiné et je l'ai entendue s'éloigner. À l'arrière-plan, des cliquetis de clavier, d'autres voix apparemment en train de parler au téléphone. Quelques sonneries. Elle est partie assez longtemps. J'ai fini par l'entendre revenir et reprendre le combiné.

"Avez-vous des objets de valeur ?

— Euh, non… ou à la limite le téléviseur.

— Bah, ça ne vaut plus rien de nos jours. Il est grand ?

— Bof, trente-deux pouces.

— Oubliez. Rien à en tirer. Pas de voiture ?

— Non.

— Bon, a-t-elle soupiré. Vous allez payer ce que vous pourrez. Puis nous procéderons à un inventaire de vos biens, pour voir ce qu'on peut en tirer. On verra du même coup à quel niveau d'endettement on se situe…

— Et que se passera-t-il alors ?

— Ça dépend tout à fait du montant.

— Comment ça ?

— Eh bien, nous avons un plafond d'endettement.

— Qu'est-ce que ça signifie ?

— Que nous n'autorisons l'endettement que jusqu'à un certain niveau… je veux dire, pour continuer à bénéficier d'une prolongation d'accès…

29

— À quoi ?

— À... tout.

— Vous allez me tuer ?"

Elle a ri. Visiblement, c'était une question idiote, et sa réaction m'a un peu rassuré.

"Non. Nous n'allons pas vous tuer. Mais vous comprenez bien que vous ne pouvez pas continuer à profiter de la vie sans payer pour ?"

J'ai à nouveau plongé ma main dans le rayon de soleil et j'ai senti sa chaleur. À seulement quelques centimètres près, la différence de température était nette. La femme à l'autre bout du fil m'a arraché à mes pensées.

"Mais à quoi pensiez-vous ? Toutes ces années ? N'avez-vous pas une seule fois songé à payer ce que vous deviez ?

— Mais enfin, je ne savais pas qu'il fallait payer. Pourquoi... ?"

Elle m'a à nouveau interrompu. Évidemment, elle connaissait la chanson. Elle savait que ça ne mènerait nulle part. Elle n'avait pas la patience pour les salades et les excuses. On entendait des voix à l'arrière-plan. Je sentais que mon temps allait s'achever.

"Alors, voyons voir. Avez-vous été amoureux ?

— Euh, oui.

— Quand ça ?

— Eh bien, quelques fois.

— Plusieurs fois, donc ?

— Oui. Enfin, au moins une fois, en tout cas."

Pour elle, c'était la routine. Elle avait probablement déjà en tête l'entretien suivant. Elle a pourtant continué avec une amabilité toute professionnelle :

"Vous voyez, vous avez donc certainement vécu des choses formidables."

J'ai pensé à Sunita, avec qui je suis resté plusieurs années au début des années 1990. Un flot de souvenirs m'a traversé. Teinté de mélancolie.

"Oui, je suppose", ai-je dit.

Elle était maintenant pressée de raccrocher, cela s'entendait. Comme si elle venait tout à coup de s'apercevoir que nous avions dépassé le temps imparti. Comme si elle réalisait qu'elle ne pouvait pas continuer comme ça à bavarder avec moi.

"Bon, s'il n'y a rien d'autre, je vais vous laisser.

— Mais attendez. Comment je… Qu'est-ce que je vais faire ?"

Elle avait certainement plein d'appels en attente, à présent.

Peut-être avait-elle sous les yeux le nombre de personnes qui attendaient leur tour, et que ce nombre n'arrêtait pas de croître. Probablement un chef qui voulait qu'elle passe au suivant. Elle parlait maintenant plus vite.

"Avez-vous vérifié avec votre banque ?

— Non, mais… Il est peu vraisemblable que je…

— Non, bien sûr."

Elle a poussé un soupir bruyant, et quelqu'un a dit quelque chose dans le bureau où elle se trouvait.

"Vous savez quoi? Prenez le temps d'examiner tranquillement votre situation économique, on trouve presque toujours quelque chose, puis rappelez-moi.

— Mais, ai-je objecté. Il y a un temps d'attente terrible…

— Vous m'appellerez sur ma ligne directe.

— D'accord."

Elle m'a donné son numéro, que j'ai noté sous ma coupelle de glace.

"Je m'appelle Maud."

Nous avons raccroché et je suis resté un long moment le téléphone à la main. Le soleil était passé derrière un nuage. Le rayon chaud sur mes genoux avait disparu.

5

Mes oreilles sifflaient. Comme après un concert, ou une otite. Je ne sais pas quand ça avait commencé. Peut-être était-ce seulement cette longue conversation téléphonique. Il faisait déjà chaud dans l'appartement, on se serait cru en Grèce. Et je savais que ça ne ferait qu'empirer quand le soleil tournerait de ce côté, plus tard dans l'après-midi. Je me suis demandé s'il valait mieux laisser la fenêtre ouverte, ou si ça allait faire entrer encore davantage de chaleur. La fatigue m'a submergé. Je me suis hissé sur le canapé en me disant que, malgré tout, j'avais ça depuis toujours dans un coin de la tête. Ce sentiment que la vie ne pouvait pas être aussi simple.

Je me suis penché en arrière en respirant à fond, et j'ai senti un faible courant d'air arriver tout juste jusqu'à moi sur le canapé. Entièrement submergé par cette lourde et assommante fatigue, je me suis senti peu à peu perdre pied et glisser dans cette agréable torpeur où le temps, l'espace et la pensée se dissolvent lentement. Au bout d'un moment, je me suis endormi, jusqu'à ce que la sonnerie de mon téléphone me réveille.

C'était un SMS de Roger. *Appelle-moi*. Mais je n'avais pas le courage d'appeler. Pas là.

Je me suis étiré les jambes puis couché sur le côté. Le tissu du canapé était chaud. J'avais chaud à la racine des cheveux. Tout était chaud. Un instant, il m'a semblé que tout ça n'était qu'un rêve, jusqu'à ce que mon regard tombe sur la coupelle et que je voie le numéro. Tout à coup, il m'a paru un peu bête, dans une situation économique aussi précaire, d'être sorti acheter une glace.

Je me suis levé avec un léger mal de crâne puis j'ai traîné sans but dans l'appartement jusqu'à échouer devant mes vinyles. Combien cela pouvait-il valoir ? Il y avait là quelques morceaux de choix pour collectionneurs. J'avais aussi un certain nombre de films en Blu-ray édition limitée et puis mes instruments, bien sûr, mais j'avais beau faire, je n'approchais pas, même de loin, la somme qu'on me réclamait. 5 700 150 couronnes, c'était plus d'argent que je n'étais capable d'imaginer.

J'ai joué avec l'idée de filer sans demander mon reste. Quitter le pays. Quels moyens pouvaient-ils mettre en œuvre pour retrouver quelqu'un comme moi ?

Je pouvais prendre le bus pour Nynäshamn, puis le ferry pour Gotland et me cacher là, près d'une plage de galets. Ou le train pour Copen-hague, gagner l'Allemagne en stop… Et après ? Je pouvais retirer tout mon argent de la banque, acheter un billet d'avion pour les USA et aller à Manhattan boire des milk-shakes et manger des sandwichs au pastrami. D'une certaine façon, c'était tentant de partir comme ça. Mais que faire, une fois là-bas ? Et l'idée de ne jamais reve-nir… Non, je me plaisais quand même, ici. J'y avais tous mes amis. Tous mes souvenirs. J'aimais bien cet appartement, la succession des saisons. Les siestes sur ce canapé… Mais évidemment, s'il n'y avait pas d'autre solution, alors…

J'ai décroché le téléphone et l'ai gardé un moment à la main. Si maman avait été vivante, je l'aurais bien appelée. Ça lui aurait fait plai-sir, même si elle se serait inquiétée de la somme énorme que je devais. Elle aurait peut-être pu imaginer une solution astucieuse. Comme à son habitude. Je suis resté un moment à tripoter le téléphone. À la fin, j'ai composé le seul numéro qui me venait à l'esprit.

6

Maud a répondu dès la deuxième sonnerie.
Elle semblait à présent bien plus calme. C'était
bizarre, après la longue attente de cette nuit, de
la joindre directement : je me sentais un peu
privilégié.

"Que faites-vous si je file ? ai-je demandé.

— Si vous *filez* ?

— Oui.

— En principe, le lieu où vous vous trou-
vez n'a aucune importance. Ceci concerne le
monde entier. Les versements complémentaires
ou, dans votre cas, intégraux, peuvent être effec-
tués de n'importe où. Et dans la devise que vous
souhaiterez. Vous pouvez séjourner où bon vous
semble, du moment que vous ne vous dérobez
pas à vos obligations de paiement."

J'ai un peu réfléchi.

"Et si je file vraiment ?

— Bon. Il y aura un avis de recherche. Votre
compte bancaire, votre permis de conduire, votre
passeport, votre carte de crédit seront bloqués.

Vous serez fiché. Vous ne pourrez plus jamais contracter de prêt, etc. Ce sera, comment dire, pénible. Vous avez vraiment l'intention de faire ça?

— Non, ai-je dit en soupirant. Je ne pense pas.

— Bien, a dit Maud. Parce que j'ai ordre de signaler tout soupçon de déviance. J'aimerais autant ne pas en arriver là."

Il m'a semblé déceler une trace d'accent de l'Ouest dans sa façon de parler, et j'ai essayé de deviner d'où elle venait. Elle s'efforçait de parler une sorte de suédois standard, mais il se glissait parfois une inflexion lumineuse et guillerette dans certaines phrases. Ça avait quelque chose d'assez mignon.

"Alors, où en est-on, côté argent?"

Je me suis frotté le visage en m'efforçant de prendre un ton enjoué. Comme si je n'avais pas arrêté de faire mes comptes et de passer des coups de fil depuis notre dernière conversation.

"Pas plus avancé.

— Vous n'avez pas de titres?

— Non.

— Des bijoux, de l'or?

— J'ai bien quelques bagues, ce genre de choses… Quelques chandeliers. Mais c'est…"

Je me suis assis sur le canapé et je m'apprêtais à m'allonger dans la largeur, quand j'ai réalisé que ça s'entendrait sûrement à ma voix si j'étais couché. Ça risquait de ne pas faire très bonne impression.

"On ne pourrait pas échelonner le remboursement?"

Maud inspira à fond. J'ai à nouveau eu l'impression que ce n'était pas la première fois qu'elle débitait ça. Elle répondait d'un ton tellement machinal.

"Pourvu que vous ayez une capacité normale à travailler, nous allons procéder à une évaluation de vos possibilités, en fonction du montant. Nous devons examiner beaucoup de cas, notre travail doit être rigoureusement administré – je ne suis même pas certaine qu'il soit possible de passer outre. Et comme je le disais plus tôt, nous avons un plafond d'endettement : s'il est dépassé, nous n'avons plus la possibilité de vous donner l'accès complet.

— Quel est ce plafond?

— Il se calcule au moyen d'une matrice qui prend en compte l'âge, le lieu de résidence, le vécu individuel, le succès, la proximité de la mer. Ce genre de choses. La qualité du logement et des relations, etc. Ce qui permet à la fin de calculer votre indice de Bonheur Vécu. Vos valeurs sont ajustées en temps réel, pourvu que toutes les données soient vérifiées. Je vous décris ici la procédure dans ses grandes lignes, car il ne m'est bien sûr pas possible de dire comment… Avez-vous connu des échecs?"

Je regardais fixement une petite tache au mur, en face du canapé. Du plus loin que je m'en souvienne, elle était là et, d'une certaine façon, je l'aimais bien. Une présence rassurante. Je me sentais chez moi. Je me suis demandé si c'était le locataire précédent qui l'avait faite.

"Que voulez-vous dire…?

— Bon, on va commencer comme ça, a-t-elle continué. Êtes-vous handicapé?

— Non.

— Souffrez-vous d'une maladie?

— Non. Enfin… J'ai parfois un peu d'asthme.

— De l'asthme?

— Oui, un peu. Parfois, au printemps.

— Ah oui?

— Et je suis intolérant au lactose.

— Mmh, mais cela ne provoque pas d'éruption. Plus maintenant. Avec tous les nouveaux produits alternatifs… Avez-vous grandi avec vos deux parents?

— Oui.

— Et voilà, déjà, ça charge la barque…"

Des images de mon enfance ont afflué. Maman fumant une Blend jaune sous la hotte de la cuisine, papa penché sous le capot de la voiture, mon tricycle à plateau, la sonnette de la porte, cassée. Les hautes herbes à l'arrière de la maison et la tondeuse non aiguisée censée les couper.

"Mais nous n'étions pas spécialement riches ni rien… ai-je objecté.

— Ça ne change absolument rien au vécu, non?

— Si, quand même…

— Comment ça?

— Mais enfin, si j'avais grandi dans… Je veux dire, parfois, c'était dur, quand papa avait beaucoup de travail et…

— Mais vous vous sentiez bien?

— Quoi?

— Votre enfance a-t-elle été satisfaisante?"

J'ai tardé quelques secondes.

"Oui, je dois pouvoir dire ça…

— Là, vous voyez bien."

Je me demandais quel âge elle pouvait bien avoir. Elle ne semblait pas toute jeune, mais ça ne voulait rien dire. Cette voix un peu rauque lui donnait un certain charme voilé, mais elle pouvait très bien avoir cinq ou dix ans de moins que moi. C'était toujours difficile à évaluer. Peut-être n'était-ce que ce ton administratif, ce débit rapide, ou le fait de savoir quelque chose que j'ignorais. Dans ce cas, ce n'était pas la première fois. Souvent, j'avais l'impression d'avoir dans les dix-sept ans d'âge mental. Et elle en avait davantage, quoi qu'il en soit.

"Comme vous avez répondu dans nos enquêtes…" a-t-elle poursuivi.

J'ai fermé les yeux en essayant de rassembler mes idées.

"Attendez! Des enquêtes?

— Oui, vous nous avez indiqué… attendez voir…"

Je me suis redressé sur le canapé. De petites gouttes de sueur me perlaient au front et aux tempes. Je sentais le téléphone devenir humide et glissant contre ma joue.

"Mais enfin, quelles enquêtes ?

— Nos recherches montrent que…"

Elle a un peu tardé et je l'ai entendue frapper à nouveau quelque chose sur son ordinateur. Je me suis alors souvenu de quelques questionnaires et formulaires remplis voilà plusieurs mois. De gros cahiers avec toute sorte de questions et des cases à cocher. Je pense que j'ai rempli ça aux toilettes. Puis il n'y avait plus qu'à glisser dans l'enveloppe et poster. Le port était payé.

"Je trouve plusieurs résultats… voyons voir…"

Je me suis levé et j'ai commencé à marcher de long en large.

"Mais quoi… J'ai coché ça pour m'amuser… Je ne pensais pas que c'était si important.

— Non ?

— Non, sinon j'y aurais réfléchi un peu plus…

— Vous n'avez pas réfléchi ?

— Euh, c'est-à-dire…

— Voilà, c'est ici… Cinq enquêtes écrites et téléphoniques."

Je me suis alors soudain souvenu d'un coup de téléphone, peut-être six mois plus tôt. Une fille jeune. J'avais trouvé sympa de parler avec elle. Elle avait aussi une voix un peu sexy et n'essayait pas de me vendre quelque chose, pour une fois. C'était rigolo de choisir entre les réponses proposées : *tout à fait d'accord, plutôt d'accord, plutôt pas d'accord, pas du tout d'accord* et *sans opinion.* Maud a continué, à l'autre bout du fil :

"Je vois que vos résultats sont assez élevés."

Je suis allé faire un tour à la cuisine, avant de revenir dans le séjour.

"Ah oui. Oui… Je devais être de bonne humeur ce jour-là.

— Mais vous avez répondu conformément à la vérité ?

— Ça dépend comment on voit les choses.

— Que voulez-vous dire ?"

Je faisais les cent pas entre le canapé et le mur, bien content que Maud ne puisse pas me voir.

"Mais ça varie. D'un jour à l'autre. Parfois, on est de bonne humeur et les choses ne semblent pas si graves…

— Ah non ?"

Je me suis assis dans le canapé, pour me relever aussitôt.

"Je ne trouve pas sérieux du tout de ne se baser que sur ce genre d'enquêtes. Je ne pouvais quand même pas savoir que mes réponses allaient servir de base pour…"

Elle m'a interrompu.

"Ce n'est bien entendu qu'une partie du tableau. Bien sûr, vos réponses ne sont qu'indicatives. Rassurez-vous, le calcul se base à quatre-vingt-dix pour cent sur de purs faits. Mais il a été démontré que l'autoévaluation donne toujours un assez bon pronostic."

J'essayais de me rappeler ces questions, et ce que j'y avais répondu. Peut-être avais-je voulu apparaître plus verni que je ne l'étais en réalité? C'est que j'aimais bien la voix de cette jeune fille. Peut-être avais-je envie de crâner un peu? Au pire, j'avais fait l'idiot en inventant n'importe quoi.

"Vous avez mes réponses, alors? Qu'est-ce que j'ai répondu?

— J'ai ici une synthèse globale. En fait, juste vos scores. J'ai sous les yeux l'analyse de vos résultats, c'est-à-dire les données brutes, lissées et présentées sous une forme accessible. Si vous voulez en savoir davantage, je dois commander votre dossier complet. Ce qui peut prendre un certain temps."

J'ai dit que je le souhaitais. Elle m'a dit qu'elle rappellerait, et nous avons raccroché.

7

C'était déjà la fin de l'après-midi quand elle m'a rappelé. Je sentais que j'aurais dû manger quelque chose, même si je n'avais pas vraiment faim. Il faisait très chaud, pas un souffle de vent et, au loin, une alarme de voiture venait de se déclencher.

"C'est un assez gros dossier, a-t-elle commencé. Il n'a pas encore été numérisé et je viens juste de le recevoir : je n'ai pas encore eu le temps d'entrer dans les détails…

— OK."

Je l'ai entendue feuilleter des papiers. Elle a presque gémi, comme si elle soulevait quelque chose de lourd. Nous avons échangé quelques plaisanteries polies sur "la société sans papier".

"Vous vouliez les résultats des enquêtes… a-t-elle fini par dire.

— Oui, c'est ça.

— Confirmez-moi alors votre adresse, et je vous envoie ça…

— Vous les avez, là ?

— Oui…

— Vous ne pourriez pas juste me donner mes réponses?"

Elle a un peu hésité.

"Ça prend un certain temps de les chercher.

— Je peux attendre.

— Euh… c'est que… ce n'est pas dans nos habitudes… au téléphone. Mais si vous m'indiquez votre adresse, je peux vous en envoyer un tirage…

— Mais enfin… Vous ne pouvez pas simplement me les lire? Je vous ai donné mon numéro de Sécurité sociale, et tout."

Elle s'est tue un moment.

"Oui, évidemment, a-t-elle fait d'une voix traînante.

— Juste quelques réponses…"

Je l'ai entendue feuilleter à nouveau.

"Bon, alors attendez un peu que je consulte le registre.

— J'attends."

Nous sommes restés là bien deux ou trois minutes sans rien dire de particulier. Rien que sa respiration au téléphone pendant qu'elle cherchait parmi les papiers. J'avais eu le temps de me dire qu'elle ferait mieux de poser le combiné, puis de réaliser qu'elle avait certainement un casque, quand elle s'est raclé la gorge avant de reprendre :

"Bon, alors, que vouliez-vous savoir?

— Prenez juste les premières questions…

— Ah bon ? D'accord, a-t-elle dit après un moment. La première question est donc... voyons... âge, sexe, formation... Mais vous préférez sûrement... Ah, voilà : *Considérez-vous que votre vie est pleine et a du sens ?* Et vous avez répondu..."

Il m'a semblé entendre son doigt glisser sur le papier jusqu'à la colonne des réponses.

"Voilà, a-t-elle continué. Et c'est effective-ment la réponse numéro un : *Tout à fait d'ac-cord.*"

Oui, c'était vrai. Je me souvenais très bien d'avoir répondu ça. Mais n'avais-je pas fait la réponse numéro un à toutes les questions ? Il y avait aussi que je trouvais plus cool de m'en tenir toujours à la même réponse. En quelque sorte de hausser un peu les épaules. De ne pas toujours être très précis.

Maud était déjà passée à la suite.

"Considérez-vous que vos avis et vos idées sont écoutés sur votre lieu de travail ?"

Mais putain, quels avis et quelles idées ? Je n'avais pas d'autres idées que de louer des films aux gens qui venaient dans la boutique. Et peut-être de vendre de temps en temps un paquet de chips et une bouteille de deux litres de soda. Et Jörgen se foutait bien de connaître mes avis. On ne causait pas de ça. Je me faisais payer et je classais les films. C'était tout. Que répondre ? La plupart du temps, je pensais à autre chose, j'es-sayais de surveiller l'heure et, le moment venu, je rentrais chez moi. Roger passait parfois et, si j'avais le temps, on bavardait un coup. On matait peut-être un clip sur YouTube. Je trouvais que ça marchait pas mal comme ça, et je n'avais pas de propositions particulières sur la manière de faire.

Maud s'apprêtait à lire une troisième question, mais j'ai soudain senti que je n'avais pas le courage d'en entendre davantage. J'ai dit qu'il fallait que j'y aille. Je ne sais même pas si je l'ai saluée correctement avant de raccrocher.

8

À contrecœur, il m'a bien fallu reconnaître que j'étais assez satisfait de ma vie. Au fond, je n'avais aucune raison de me plaindre. Ni enfance pauvre avec addictions et mauvais traitements, ni éducation bourgeoise inhumaine et froide, avec une adolescence traumatisante dans quelque internat punitif. Ces années dans le pavillon de Fågelvägen avaient passé toutes seules, sans qu'on y pense vraiment. À présent, mes deux parents étaient morts, mais d'un autre côté ils avaient tous les deux largement dépassé les soixante-dix ans, on ne peut donc pas considérer ça comme particulièrement traumatisant. Et puis j'avais ma frangine, même si on ne se voyait plus beaucoup aujourd'hui. Le mieux, chez elle, c'était mon neveu. À petites doses. Mon existence tranquille dans cet appartement me procurait une satisfaction imméritée, et je n'avais au fond jamais rêvé d'autre chose. Je n'avais pas eu de relation durable depuis Sunita et, bien sûr, il m'arrivait parfois d'avoir envie d'une copine mais, la plupart du temps, je dois dire que je me plaisais tout seul et que je m'arrangeais assez bien avec internet.

La compagnie ne me manquait pas, au contraire, j'étais content d'en être dispensé. Surtout par comparaison avec le quotidien chaotique de ma frangine, qui jonglait entre son boulot, la crèche, les gastros et les thérapies familiales. Comme ça, au débotté, j'étais incapable de trouver la moindre injustice qui m'ait laissé des traces un peu profondes. Roger, lui, était toujours en conflit avec les gens. Il me parlait souvent de ses différends avec son frangin, la Caisse d'assurance maladie, les impôts, les gens à qui il devait de l'argent et ceux qui lui en devaient. Bien sûr, il m'arrivait aussi parfois d'être fâché ou triste mais, en général, j'oubliais et je tournais la page. Ce genre de choses n'avait pas prise sur moi. J'aimais mes parents, et ils me manquaient, naturellement, mais je n'avais aucune difficulté à accepter leur disparition. C'était comme ça, voilà tout.

J'ai essayé de me rappeler les dernières fois où je m'étais vraiment mis en colère. La semaine dernière, j'ai juré tout seul à voix haute quand la poignée de mon sac en papier s'est déchirée et que toutes mes courses se sont répandues sur le trottoir. J'ai dû tout porter dans mes bras et j'étais passablement irrité en arrivant chez moi. Mais c'est passé et, assez vite, je me suis retrouvé de très bonne humeur en découvrant qu'il me restait à la maison trois numéros de *Metro* dont je n'avais pas encore résolu les mots croisés.

Je prenais peut-être mes échecs trop à la légère et acceptais les choses comme elles venaient, sans protester suffisamment? Étais-je trop naïf, trop béat? Fallait-il être plus exigeant? Gagnerais-je peut-être à me méfier davantage, à mieux négocier?

9

J'ai réchauffé une part de pizza au micro-ondes. Bonne, mais un peu petite. Puis je suis resté un moment à réfléchir, attablé dans la cuisine. L'air d'été agréable était devenu moite et étouffant. Impossible d'avoir vraiment les idées claires, toutes mes pensées rebondissaient. La véritable harmonie m'échappait. J'ai remarqué que j'avais du mal à rester en place. Alors j'ai rappelé. Même s'il était plus de huit heures du soir.

"Je suis quand même très angoissé.

— Vraiment? a dit Maud. Quand?"

J'ai rassemblé mes couverts dans l'assiette et j'ai soudain senti que j'avais soif. J'aurais dû boire quelque chose avant d'appeler. La nervosité me collait la bouche.

"Comment ça? ai-je dit. Qu'est-ce que...

— De quels jours s'agit-il?"

J'ai dégluti plusieurs fois.

"Vous voulez dire que je dois me rappeler exactement quels jours..."

Elle m'a coupé sans s'excuser. Je la fatiguais. Ça s'entendait.

"Si vous voulez faire une déduction pour angoisse, j'aimerais connaître exactement les périodes concernées.

— Je peux avoir une déduction pour mes journées d'angoisse?

— Pour autant que ce soit attesté, ou que les dates indiquées concordent avec des activités ne semblant pas incompatibles avec une mauvaise santé psychique, alors oui, vous pouvez naturellement mettre en péréquation cette diminution de vos capacités psychiques avec votre indice BV. De quelles années s'agissait-il?"

J'ai fait tourner les couverts le long du bord de l'assiette, à peu près comme les aiguilles d'une montre, et je suis rapidement rentré en moi-même.

"Euh… cette année.

— Quel mois?"

Je n'étais pas très habitué à mentir et à inventer des histoires. Ma bouche était de plus en plus sèche, et je me suis dit que ça s'entendait. Mais en même temps, je sentais qu'il fallait sauter sur l'occasion et tenter ma chance.

"Janvier.

— D'accord, mais je ne vois aucune indication, a-t-elle dit.

— Non, et pourtant c'est ce qui s'est passé.

— Mmh… Et quel degré sur une échelle de un à cinq, un correspondant à la normale et cinq à la paralysie totale?

— Et bien, euh… cinq."

Autant y aller franchement.

"Oh là là, a-t-elle dit. Quelle date?

— Le 1er.

— Le 1er janvier?

— Oui. Et le 2, et le 3.

— D'accord. Et ensuite?"

J'ai hésité un instant.

"Non, c'est tout…

— Donc le 4, tout allait à nouveau bien?

— Enfin, c'est-à-dire…

— Du jour au lendemain, plus rien?

— Euh… non."

J'ai entendu qu'elle prenait une gorgée de café ou de thé. Ça avait l'air très bon.

"C'est la vérité, tout ça?" a-t-elle repris peu après.

J'étais un très mauvais menteur. Je le savais. Continuer aurait juste été gênant.

"En fait… non.

— Non. Je m'en doutais. Et si on arrêtait les bêtises, vous et moi, hein? Comme ça, on pourrait plutôt essayer de résoudre tout ça pour de bon.

— D'accord, ai-je dit, tout penaud. Pardon."

Elle a lâché un petit *hum*. Et j'ai eu l'impression qu'elle ne trouvait pas ça si grave. Qu'elle était prête à fermer les yeux là-dessus, et que ce n'était peut-être pas la première fois.

"Mais le fait est que je suis assez angoissé. Vraiment. Bien sûr, je suis incapable de me souvenir

53

de jours en particulier, ni du degré de gravité, mais… oui… je vais vraiment très mal, des fois.

— Oui…"

Elle avait pris un ton nouveau. Empathique en quelque sorte. Presque comme un psy. Ils apprenaient peut-être à parler comme ça pour que les gens restent calmes.

"Parfois, je ressens une inquiétude diffuse.

— Ah oui?

— Et je ne comprends pas pourquoi. Je suis facilement blessé et très sensible à tout ce qui m'arrive, sans raison particulière. Le printemps, par exemple, on devrait juste être content et heureux. Eh bien, moi, je me sens souvent un peu déprimé."

J'entendais qu'elle continuait à boire son café pendant que je parlais.

"Mais vous comprenez bien que ceci fait partie du vécu, non? a-t-elle fini par dire.

— Comment?

— Et c'est justement pour ce vécu que vous payez."

J'ai poussé la fourchette dans l'assiette jusqu'à en faire tomber le couteau. Il a tinté contre la porcelaine. Elle a continué.

"Tenez: quand vous allez au cinéma. Un jour, vous allez voir une comédie, un autre jour un mélo. L'expérience n'en est pas plus pauvre pour autant. Tout ceci, comprenez-vous, augmente l'indice BV. Vous savez aussi bien que moi que la douleur n'est pas qu'un ingrédient négatif, n'est-ce pas?"

Je n'ai rien dit.

"Nous ne voulons pas manger toujours sucré… et nous ne voulons pas davantage éviter les échecs. En réalité, il nous faut une certaine résistance pour pouvoir jouir de la vie. Encore une fois, pensez aux ingrédients d'un très bon plat. Pensez à la chanson de Lasse Berghagen sur Stockholm… « Un mélange de sucré et de sel… »"

J'ai poussé l'assiette sur la table. J'ai levé la main pour me masser le front. Elle a continué :

"De toute façon, je ne peux plus rien changer. Votre cas a déjà été traité.

— C'est une punition ? ai-je soudain demandé. Pour ne pas avoir assez pleuré mes parents ?

— Mais enfin, a-t-elle réagi, sincèrement étonnée. Pourquoi dites-vous ça ?"

J'ai soupiré et je me suis pincé la racine du nez, en notant au passage une vague migraine.

"Enfin quoi, je n'ai peut-être pas intériorisé leur disparition. J'ai comme qui dirait continué à vivre. Est-ce insensé ? Je veux dire… Je ne l'ai peut-être pas pris assez à cœur… Ma frangine, elle, a pleuré, crié, s'est enfermée dans le silence et la déprime et tout ça, mais moi…

— Ne dites pas de bêtises, m'a-t-elle coupé d'un ton assez doux et aimable. Ça n'a rien de personnel. Votre montant est entièrement déduit de votre vécu.

— On ne peut pas faire appel ?

— Si, bien sûr. Mais ça peut être très long et ça ne change rien à la situation présente. Vous comprenez, ceci ne relève pas d'un niveau national. C'est une question de répartition des ressources. Chaque pays prend à sa charge une grande partie du montant, avec une contribution nationale globale. Mais ensuite il faut bien partager la facture. Individu par individu. Vous le comprenez certainement. Les inondations, les malformations, la faim… Et qu'y opposez-vous, déjà, une petite déprime au printemps ?

— Mmh", ai-je commenté, sentant que je n'avais plus la force d'y penser pour l'instant.

Après nous être mis d'accord sur le fait que j'allais le plus vite possible commencer par verser la petite somme que j'avais à la banque, nous avons raccroché et j'ai réalisé que j'avais encore très faim. Je me suis rendu compte que je n'avais rien mangé de la journée, à part ce petit bout de pizza. Je suis allé me faire un sandwich au fromage. Je me suis servi un verre de lait que j'ai vidé d'un trait. Le premier sandwich fini, je m'en suis aussitôt préparé un autre. Je me sentais insatiable. Quelle merveilleuse sensation que de pouvoir céder immédiatement et sans frein à sa faim. Les goûts du fromage, du pain et du lait se mêlaient en une unité merveilleusement douce. En cet instant, rien ne me semblait meilleur.

Je me suis rassis à la table de la cuisine, et j'ai compris que tout était perdu. Rien à faire. Il fallait regarder la réalité en face. Que pouvait-il se passer?

Bien sûr, ils ne pouvaient pas me tuer. Elle l'avait bien dit. Devant la fenêtre, on entendait les gazouillis du soir des oiseaux dans les arbres. Des gens riaient et se parlaient. Des voix aimables. Ce serait bientôt le moment de la journée où toute la ville se détendait. Les voix et les pas se multipliaient dehors. Les gens allaient dans les bars, s'installaient en terrasse. Les choses n'étaient plus aussi importantes. En somme, c'était une sensation agréable qui m'envahissait. Elle me procurait une certaine détente. J'ai décidé de finir le pack de lait. Ça a été bon presque jusqu'au bout.

10

Il était tard, mais j'ai quand même appelé. J'avais passé à peu près toute ma soirée assis à la table de la cuisine, à écouter les bruits de la ville au-dehors. Lentement regardé la nuit tomber sur les toits et écouté les bruits changer. Des gens se disputaient. J'entendais des bribes, sans vraiment comprendre de quoi il s'agissait. Une femme a ri fort et long-temps. Un chien a aboyé et une bande de suppor-ters est passée en chantant l'hymne de son club de foot. De temps à autre, une brise plus fraîche entrait dans ma cuisine surchauffée, me caressait le visage et les bras. J'étais assis là, sans aucune raison d'aller nulle part. D'une certaine façon, la vie était juste si belle. Normal qu'elle vaille cher.

J'ai composé le numéro, mais personne n'a répondu et je me suis dit que même Maud avait besoin d'une pause, d'aller aux toilettes ou de manger un morceau. Peut-être était-elle, elle aussi, en train d'écouter les bruits de la ville ? Peut-être avaient-ils un toit-terrasse ? Peut-être y fumait-elle une cigarette ou buvait-elle un café dans la douceur de la nuit d'été? J'ai raccroché, attendu une demi-heure, puis rappelé.

"Oui", a soupiré Maud. J'ai senti une nette irritation dans sa voix. Elle savait que c'était moi. Elle avait sans doute un de ces écrans qui affichent le numéro d'appel. Elle ne s'attendait pas à ça en me laissant son numéro direct.

"Je suis dans ma cuisine et je fais l'expérience du bonheur.

— J'en suis ravie pour vous.

— Bon. Et pour ça, comment on va faire?"

Elle s'est tue un bref instant.

"Qu'est-ce que vous voulez dire?

— Je veux dire que là, je me sens très bien, et ça, plus toutes les expériences à venir… on hésite à le reconnaître mais… ça va évidemment se reproduire. Cette année, ou l'an prochain… Qui me dit que je ne vais pas devoir à nouveau 5 millions dans un an?"

Par la fenêtre, j'ai aperçu une plante en pot fanée, oubliée sur le balcon par le voisin parti en vacances. Il pensait peut-être que l'eau de pluie lui suffirait, mais elle n'allait pas survivre long-temps par cette chaleur.

Maud a poussé un profond soupir. Elle en avait assez de moi.

"Vous n'avez donc rien compris?"

Je suis resté bloqué sur une voyelle, je crois un *eeeee*, et j'allais répondre que sans doute non quand elle a elle-même continué.

"C'est une somme forfaitaire. C'est justement ça l'idée. Ça se passe maintenant.

— Qu'est-ce qui se passe?"

Elle a à nouveau soupiré.

"Mais vous ne pouvez pas ne pas être au courant… Enfin, c'est maintenant que nous allons régler… faire le grand ajustement. Cela ressortait pourtant très clairement de la brochure. Regardez un peu dans votre boîte mail… je crois même l'avoir mentionné…

— Mais, l'ai-je coupée. Ça peut être une terrible injustice. Supposons que je sois aujourd'hui un de ceux qui paient le plus, mais que demain je contracte une maladie qui me fasse souffrir dix, vingt ans.

— Bien entendu, a répondu Maud. Mais il faut bien que l'argent rentre. Et la seule chose que nous connaissions, c'est le passé, n'est-ce pas? L'avenir est… enfin, nous n'en avons aucune idée… Ni vous ni moi ne savons si nous serons encore là demain."

Nous sommes restés tous les deux silencieux un moment, à y réfléchir. Je regardais une mouche qui se débattait contre la vitre et n'arrêtait pas de rebondir. J'ai fini par dire :

"Je suis assis. Pas vous?"

Il m'a presque semblé l'entendre faire la grimace.

"Non, en fait non. Je suis debout.

— Alors vous avez un de ces bureaux réglables qui…

— Exact. Je passe pas mal d'heures au téléphone."

Soudain, elle m'a fait un peu pitié. Ça devait être un boulot extrêmement épuisant de répondre tous les jours à des personnes indignées, alors qu'on n'y était pour rien. Et par cette chaleur. N'avait-elle jamais envie de sortir ? Au fond, c'était merveilleux qu'elle m'accorde autant de son temps. Combien de personnes étaient en ce moment même en attente ? Peut-être qu'après tout elle m'aimait bien, quelque part.

"Qu'est-ce que vous portez ?"

Ça m'a échappé, c'est tout. Je n'avais pas prévu de dire ça. C'était comme si mon cerveau s'était ramolli à la chaleur. Comme si toute l'ambiance avait changé, maintenant qu'il faisait nuit. Tout semblait un peu irréel. J'ai regretté presque avant d'avoir terminé la phrase, mais maintenant c'était dit.

"Pardon ? a-t-elle dit, comme si elle n'avait vraiment pas entendu.

— Non, me suis-je empressé de répondre. Désolé. Rien.

— Ah non ?" a-t-elle fait, sur le même ton distant. Comme si elle ne savait pas bien comment se comporter quand la conversation sortait du cadre prévu.

J'ai senti que je rougissais, en songeant qu'il m'en fallait vraiment peu pour que je m'intéresse à une femme. Au fond, presque rien. Dès lors qu'elle n'était pas franchement repoussante.

Il suffisait le plus souvent qu'elle soit gentille et aimable. Ou pas. Le genre revêche pouvait aussi éveiller mon attention. En général, il suffisait qu'elle manifeste quelque intérêt pour moi. Mais ce n'était pas non plus obligatoire. D'une certaine façon, je pouvais aussi apprécier l'indifférence. Et même être attiré par elle. Je me rendais compte que je n'avais finalement besoin de rien. Il devait être facile de me rouler, avec un peu d'imagination : j'avais un *a priori* favorable sur les gens et supposais que la plupart me voulaient du bien. Quel que soit le sujet, parler à quelqu'un à cette heure de la journée me semblait très intime. Presque un privilège. Quels horaires de travail avaient-ils, à la fin ? N'était-ce pas très étrange qu'il soit possible de téléphoner n'importe quand et d'être mis directement en relation avec cette femme ?

Je me suis levé pour retrouver cette facture. Qu'est-ce que c'était que cette administration, au fond ? WRD ? Qu'est-ce que ça signifiait ? Ça avait l'air inventé. Est-ce que ça existait vraiment ? La police de caractères de cette injonction à payer n'était-elle pas un peu bizarre ? Ce formulaire avait décidément l'air bricolé.

J'ai essayé de me rappeler ce qu'elle avait dit. Et plus j'y pensais, plus cela ressemblait à un scénario classique d'escroquerie. Une jeune femme à la voix séduisante informe un homme qu'il doit une somme colossale, à verser immédiatement sur un compte bancaire. Combien de films sur ce thème n'avais-je pas vus ? Et n'était-ce pas justement un peu louche qu'elle me consacre tant de temps ? Quand s'occupait-elle des autres ? Où se trouvait-elle, à la fin ? Était-elle seulement dans le même pays que moi ? Comme c'était naïf de ma part de ne pas avoir pensé à toutes ces bandes qui opèrent par le biais de liaisons sophistiquées et cryptées, presque impossibles à repérer. C'était exactement leur mode opératoire. Qu'avais-je entendu, en fait ? Une ambiance sonore de bureau. Ça pouvait être n'importe quoi. Peut-être même un enregistrement ?

J'ai cherché partout cette facture, le téléphone à l'oreille, et ni Maud ni moi n'avons rien dit pendant un long moment. Pourquoi se taisait-elle ainsi, tout à coup ? Sentait-elle que je me doutais de quelque chose ? Peut-être ferais-je bien d'appeler Roger ou ma frangine pour vérifier avec l'un d'eux ? Aucune de mes connaissances n'avait jamais mentionné ça. Et ces gens qui parlaient en ville avaient quand même quelque chose de curieux, non ? Quelque chose d'indéfinissablement louche. Cette mère et son fils qui se parlaient comme s'ils lisaient des répliques écrites. Elle, toujours tournée vers moi, qui me regardait fixement. Ou cette femme dans l'ascenseur, qui tripotait tous ses colliers et parlait de cette facture et de ses emprunts de façon juste un peu *trop* explicite pour que cela semble naturel… C'est sûr, ils m'avaient approché sur ordre pour dire ce qu'il fallait que j'entende.

J'ai fermé les yeux en tentant de réfléchir. C'est terriblement naïf de verser plein d'argent sur un compte sans y regarder d'un peu plus près. Plus j'y réfléchissais, plus il m'apparaissait incroyable de n'avoir jamais entendu parler de tout ça avant que cette facture ne tombe dans ma boîte aux lettres. Peut-être cherchaient-ils à rabattre des personnes seules un peu coupées du monde pour les rouler à coup de mensonges ?

Comme je ne retrouvais pas le papier et qu'aucun de nous deux n'avait dit un mot depuis presque une minute, je suis allé me mettre à la fenêtre. Cette prise de conscience tardive m'a fait frissonner. Pourtant, c'était bien ma première réaction. J'y avais pensé d'emblée – une facture bidon. J'ai essayé de me rappeler quelles données personnelles j'avais pu fournir, à part mon adresse et mon numéro de Sécurité sociale. J'ai fini par mettre les pieds dans le plat :

"Qu'est-ce qui me dit que vous ne cherchez pas à m'escroquer ?"

Elle est restée silencieuse. J'ai continué sans attendre sa réponse.

"Tout ceci n'est peut-être qu'un piège ? Avez-vous vu *La Prisonnière espagnole*, de David Mamet ? Ce film de conspiration, où tout s'avère n'être qu'une mise en scène ? Ou bien, comment déjà ? *The Game* avec Michael Douglas. Qu'est-ce qui me dit que vous n'allez pas juste me rouler, puis filer avec l'argent ?"

Elle ne disait rien. Et j'ai trouvé que ça ressemblait à un silence nerveux. Le silence de la personne démasquée. Que dire, au pied du mur?

Je dois leur accorder que c'était réalisé avec un extrême raffinement. Grandiose, d'une certaine façon. Monter un plan aussi évolué, jouer ainsi sur la mauvaise conscience et réussir à ce que cela paraisse presque plausible. Quelque part, c'était presque dommage de devoir tout dévoiler. C'est que je commençais presque à apprécier ces conversations. J'aurais volontiers continué à bavarder avec elle, le soir. Voilà qu'elle recommençait à boire son café. Feuilletait des papiers, ou rangeait quelque chose sur son bureau.

"Écoutez, a-t-elle dit au bout d'un moment. Vous pouvez naturellement convenir d'un rendez-vous et venir parler avec un instructeur, si vous préférez."

11

Les bureaux suédois de WRD étaient constitués de plusieurs bâtiments en granit gris tacheté reliés entre eux. Un flot apparemment intarissable de gens allait et venait sur les dalles lisses de l'entrée principale. Une grande plaque noire affichait WORLD RESOURCES DISTRIBUTION en lettres d'or au-dessus d'une rangée de pas moins de six ascenseurs. Le long d'un des murs, un filet d'eau calme et régulier coulait sur le granit poli. La grande baie vitrée plein sud laissait généreusement entrer la lumière, et dans quatre pots cubiques poussaient des arbustes, sans doute des figuiers. Il y avait peut-être une faible musique d'ambiance, ou alors c'était le design bien équilibré qui contribuait à l'acoustique harmonieuse du lieu. Entre le troisième et le quatrième ascenseur était affichée une carte de l'ensemble du complexe, avec une grosse flèche *Vous êtes ici*, qui indiquait précisément l'endroit où je me trouvais.

Les instructeurs étaient au onzième étage. L'accueil avait des portes vitrées de tous les côtés, ce qui rendait impossible de ne pas voir le paysage. Tout droit, en face de l'ascenseur, une femme assise derrière un bureau qui feuilletait des papiers et répondait au téléphone m'a prié de m'asseoir. Je me suis installé dans un des fauteuils, près d'elle. À ma gauche, une salle de réunion vide et, à droite, le genre de bureau en open space où j'avais imaginé Maud. Je me suis amusé à essayer de deviner qui elle aurait bien pu être. Il y avait là une dizaine de personnes, la plupart effectivement devant un bureau à hauteur réglable. J'ai arrêté mon regard sur une femme aux cheveux sombres, en robe brun clair, qui semblait calme, alors qu'elle parlait très vite, ça se voyait. Le silence était ici remarquable, vu l'activité de l'autre côté des portes vitrées. Une seule des portes était en verre dépoli, et un homme à la frange rejetée en arrière en est sorti. Il s'est présenté comme Georg, et m'a prié de le suivre dans la salle de réunion.

Georg portait un costume sans cravate et semblait avoir mon âge, peut-être quelques années de plus. Il avait de fins cheveux brun foncé tirant légèrement sur le roux, et je me suis demandé s'ils n'étaient pas teints. Il s'est assis en face de moi et a posé un gros dossier sur le bureau.

"Bon, a-t-il fait en me regardant. Vous vouliez un rendez-vous personnel ?

— Oui, c'est-à-dire… Je me pose quelques questions."

Il a hoché la tête en souriant.

"Mmh. Que désirez-vous savoir?"

J'ai ouvert les mains.

"Pourquoi un montant si élevé, par exemple."

Il a encore hoché la tête. Visiblement, il était habitué à ce genre de questions.

"Voyons voir, a-t-il dit en ouvrant le dossier. Vous avez parlé avec…

— Maud."

Il a levé les yeux vers moi quelques instants, puis s'est replongé dans le dossier. Il a relevé une partie de ses longs cheveux tombés sur son front puis a lissé du doigt le bord inférieur d'un formulaire.

"Maud… Maud Andersson – oui, voilà. Un instant."

Parti voir la fille de l'accueil, il est vite revenu. Il s'est assis et a feuilleté ses papiers, sans sembler particulièrement faire attention à moi. Il avait en sa possession une grosse pile de formulaires émanant du conseil régional, de l'école, de l'annuaire, de la Suédoise des Jeux, etc. Un sifflement venait du plafond, air conditionné ou système d'aération. J'ai remarqué qu'il y avait de petites caméras de surveillance dans chaque coin. Simples et plates, mais assez grosses pour qu'on comprenne sans ambiguïté que le moindre recoin de la pièce était couvert. Nous étions probablement observés en permanence depuis l'extérieur. Peut-être même écoutés.

À travers tous les murs de verre, j'ai bientôt vu approcher entre les bureaux une grande et mince femme en tailleur bleu marine. Elle avait de grosses lèvres, des cheveux blonds coupés court derrière et mi-long devant, formant un petit arc autour du menton. Elle a traversé l'accueil et s'est dirigée vers nous, a légèrement frappé à la vitre et a poussé la porte dès que Georg lui a fait signe d'entrer. "Bonjour", a-t-elle dit en me tendant la main.

Je me suis levé et j'allais juste prononcer la phrase que j'avais préparée : qu'elle ressemblait à sa voix au téléphone, quand je me suis aperçu que ce n'était pas du tout le cas. J'ai regardé ses yeux, ses cheveux et ses lèvres qui semblaient trop grosses pour être tout à fait naturelles. Et le temps que je me dise qu'elle n'était pas du tout comme je l'avais imaginée, elle s'était déjà présentée avec un nom compliqué, à rallonge, que je n'ai pas eu le temps de saisir. J'ai pensé que ça avait l'air d'un nom de banque. Ou de bureau d'avocats. Je ne me rappelle ni le nom, ni le prénom. Mais aucun n'était Maud.

Georg s'était levé lui aussi. Elle a rajusté ses lunettes et en a profité pour chasser un invisible cheveu d'un de ses sourcils. Elle dégageait un parfum léger, frais, et portait une petite broche à la boutonnière, une fleur ou une couronne. Je me suis demandé si cela voulait dire quelque chose ou si c'était juste pour faire joli. Elle s'est assise à côté de Georg sans s'appuyer au dossier du fauteuil, a posé un classeur sur ses genoux et a regardé de côté les papiers que Georg feuilletait.

De temps à autre, elle contractait la commissure des lèvres en un sourire très professionnel.

"Ça… a dit Georg, c'est une belle vie.

— Oh oui."

Ils m'ont tous deux regardé, un peu étonnés, comme s'ils n'attendaient pas de réponse. Georg s'est aussitôt replongé dans ses papiers et la femme au nom de banque dans les siens.

"Ça fait vraiment une très grosse somme, a dit Georg.

— Oui, ça on peut le…" ai-je commencé, avant de comprendre que, depuis le début, c'était à elle qu'il s'adressait.

C'était une conversation entre eux. Évidemment, ils avaient prévu de discuter du dossier avant que je puisse faire le moindre commentaire.

La femme au nom de banque a hoché la tête et souri à nouveau. Cette fois-ci avec un peu de condescendance. Puis elle s'est encore tournée vers Georg.

"Qui a fait la synthèse?

— Apparemment une certaine Maud, a-t-il répondu.

— Maud?

— Oui, c'est noté ici, Maud Andersson, sans doute quelqu'un du deuxième…"

La femme avec le nom de banque a placé son stylo horizontalement sur le rapport de Maud et l'a parcouru colonne par colonne en lisant vite, à voix assez basse.

"Bon, plein pot pour toutes les variables principales, indice BV élevé depuis l'âge de douze ans et aucun inhibiteur d'empathie. Ensuite : décès des deux parents, pas de formation familiale, mais un quota d'expériences relationnelles de valeur équivalente. Pas de catastrophe notable au cours de la dernière décennie. Détresse constatée zéro. Quota affectif rempli… Plusieurs relations amicales durables, certaines très intimes. Un neveu – pile au centre de la courbe de responsabilité. L'enfant produit vis-à-vis du sujet une réponse affective complète. Confiance sans responsabilité débordante… Lien affectif fort, sans aucune exigence de résultat."

Elle a continué à feuilleter, toujours en pointant avec son stylo.

"À part le privilège de la protection sociale, le privilège de peau blanche, le privilège d'être un homme, il y a aussi… voyons voir… Aucun problème de sommeil. Adaptation au lieu de travail, cent pour cent. Un vieil ami – Roger – qui vient le voir régulièrement, mais pas de contraintes sociales. Donc uniquement des échanges enrichissants…"

J'avais compris que rien de tout ceci ne s'adressait à mes oreilles, mais c'était beau de les entendre parler ainsi de ma vie. Impressionnant, presque. Je trouvais que Maud avait résumé ma vie de façon très élégante, et j'ai remarqué que Georg a haussé les sourcils à plusieurs reprises.

La femme au nom de banque était restée assise le dos droit pendant tout son rapport, dans une position qui devait être pénible, mais elle devait y être habituée, car elle ne montrait aucun signe d'effort. Elle avait un visage assez petit, ce qui faisait paraître ses yeux presque disproportionnés derrière des lunettes à large monture noire. Elle n'était peut-être pas franchement belle, mais quelque chose chez elle imposait un certain respect, ce qui devait sans doute malgré tout être considéré comme un peu attirant. Et si ses lèvres étaient refaites, c'était du bon travail, il fallait le dire.

"Art? Culture? a marmonné Georg.

— Haute réceptivité musicale, a-t-elle continué, en citant le rapport de Maud. Répond positivement. Réagit aux *stimuli* produits par les plus simples suites d'accords.

— Solvabilité? a demandé Georg, et la banquière a feuilleté un nouveau document.

— D'après le rapport, très basse, pas de fortune, mais pas non plus d'inventaire des biens… pas encore… même si ses réponses indiquent qu'il possède… euh, voyons voir… des instruments."

Elle a mis la main devant sa bouche pour se racler la gorge. Ou pour cacher un ricanement?

"Et une petite collection de littérature de science-fiction. Valeur inconnue."

Georg s'est alors tourné vers moi.

"Bon… Et vous n'avez encore effectué aucun versement?"

J'ai vu du coin de l'œil que la femme au nom de banque continuait à feuilleter le rapport sans pouvoir s'empêcher de secouer la tête. Ce qui aurait pu m'irriter, mais j'étais surtout un peu exalté que Maud ait tant de connaissances sur moi et les ait si joliment résumées dans ce document.

"Euh… non", ai-je dit.

Il a froncé les sourcils et a continué à feuilleter ses papiers en lâchant des *hum*.

"Il est assez rare que des gens avec vos indices n'aient pas d'argent, a-t-il fini par dire. D'habitude, on trouve dans votre catégorie des personnes disposant de revenus assez importants. Bien sûr, certains sont nés avec une cuillère en argent dans la bouche, ce qui peut expliquer que leur indice monte, tout est lié, c'est connu. Mais même s'ils ne sont pas riches comme Crésus dès l'origine, leur indice de Bonheur Vécu leur donne une sorte de, comment dire, de surplus d'énergie. Ce qui, d'habitude, se traduit en argent. Mais en ce qui vous concerne… la situation semble différente…

— Oui", ai-je dit en riant un peu.

Georg m'a fait les gros yeux.

"Avez-vous conscience de la somme dont il est question ici?"

J'ai secoué lentement la tête en lâchant un peu d'air par la bouche.

"Euh… non."

Et j'ai encore un peu ri.

Georg n'avait pas du tout l'air amusé. La femme au nom de banque a saisi un document et l'a examiné de près.

"Vous devez 5 700 150 couronnes, a continué Georg, et les seuls intérêts vont absorber tout ce que vous pourrez jamais gagner de toute votre vie. Où travaillez-vous?"

Je me suis redressé en essayant de prendre une expression qui inspire la confiance, mais la situation était quelque part trop absurde pour s'y impliquer.

"J'ai actuellement un emploi à temps partiel chez… *Les Bobines de Jojo*.

— *Jojo?*" a fait Georg.

La femme au nom de banque et moi-même avons opiné du chef. Il m'a jeté un regard sceptique et s'est à nouveau tourné vers elle.

"Il va falloir au plus vite procéder à un inventaire du domicile."

Mais elle n'a pas répondu, entièrement absorbée par quelque chose dans ses papiers. Elle a feuilleté dans un sens, dans l'autre, comparé. Noté quelque chose. En l'absence de réponse, il s'est retourné vers moi. Il a posé son stylo, a soupiré et s'est frotté les yeux.

"Mais comment avez-vous pu ignorer qu'il fallait payer? Vous n'habitez quand même pas au fond des bois, non?

— Non, ai-je ri.

— Ça peut être parfois assez difficile de joindre toutes ces huttes perdues dans la cambrousse, a-t-il dit, la mine grave. Les gens dans le désert ou les montagnes, qui n'ont pas de contact direct avec le monde extérieur. Notre service n'est naturellement pas souvent concerné, mais vous pouvez imaginer…"

J'ai hoché la tête.

"Il faut bien faire entrer les données.

— Oui, bien sûr", ai-je approuvé.

Il s'est passé la main dans les cheveux, a plissé les yeux et m'a bien observé, comme s'il trouvait que j'étais une exception particulièrement intéressante.

"Vous avez la télé?" a-t-il demandé.

J'ai hoché la tête.

"Comment avez-vous pu… – il brandit la main et énuméra sur ses doigts – notre campagne, toutes les discussions… tout le débat.

— Je ne regarde pas beaucoup la télé, ai-je dit.

— Ah non?

— Enfin, ce n'est pas que j'aie quelque chose contre la télé. Au contraire."

J'ai songé avec quelle facilité je me scotchais à presque n'importe quelle émission. Quel que soit le sujet. J'étais attiré et absorbé par à peu près toutes les images en mouvement. N'importe quel courant minoritaire, n'importe quelle chapelle déviante – plus c'était périphérique, plus c'était attirant – pouvait captiver mon intérêt et m'emporter dans d'autres mondes.

"Mais je voudrais quand même insister, ai-je continué. Ou plutôt, je veux dire, je pense vraiment, enfin si on compare… Qu'il me soit permis d'objecter…"

J'avais beau faire, je ne trouvais pas de bonne façon de finir ma phrase.

"Mmh, a fait Georg avec lassitude. Vous remettez en question l'instrument de mesure ?

— C'est-à-dire, je trouve juste que… Enfin, je ne sais pas."

Il a attendu pour voir si j'avais autre chose à ajouter. Comme rien ne venait, il s'est calé au fond de son fauteuil, a croisé les jambes et a dit d'une voix sérieuse :

"L'instrument de mesure a été développé et ajusté pendant des années et des années. C'est d'une science infiniment complexe qu'il s'agit, j'espère que vous le comprenez. Il n'est pas ici question du premier *felicific calculus* venu."

Il a fait une petite grimace.

"Cela prend évidemment racine dans les premières théories de Bentham, ou si vous voulez de Pietro Verri…"

Il a encore ri. C'était visiblement très drôle.

"Mais, ces derniers temps, nous avons mis au point un outil au calibrage bien plus fin. Nous avons en effet accès à une énorme quantité d'informations. Bien entendu, cela dépasse l'entendement du commun des mortels, mais ce programme prend en compte les structures parcellaires d'une manière infiniment fine et, placée dans son contexte, chaque unité peut, dès lors, être évaluée avec une assez grande exactitude.

Nous utilisons par exemple à la fois les matrices cardinales et ordinales."

Il a joint les mains par le bout des doigts.

"Cet outil permet d'évaluer les indices indivi-duels de chacun. Alors, quand la décision du grand ajustement international a été prise… – il a écarté les mains – eh bien, il n'y avait plus qu'à s'y mettre."

J'ai hoché la tête, comme si je suivais. Comme si j'avais vraiment la moindre idée de qui étaient ces gens et de leurs théories. Verri ?! On aurait dit un nom de footballeur. Georg a rassemblé ses papiers et regardé sa montre.

"Vous voudrez bien rester chez vous ces pro-chains jours, dans l'attente de l'enquête, a-t-il dit en s'apprêtant à se lever.

— Mais attends…" a dit la femme au nom de banque.

Elle a fait passer une feuille à Georg.

"Regarde ça, a-t-elle continué en produisant encore un papier, qu'elle a posé sur le précédent. Ça ne colle pas."

Georg et elle ont à nouveau vérifié les chiffres. Comparé d'une feuille à l'autre.

La pointe de ses doigts glissait sans bruit à la surface du papier.

"Qui a calculé ça ? a-t-elle fini par demander.

— Bah, ça vient du douzième, alors ça doit être les économistes du…"

Georg a entrepris de chercher une signature sur le bilan comptable, tandis que la banquière parlait à moitié toute seule, à moitié à Georg.

"Regarde ça…"

Elle a montré une colonne, puis déplacé sa main vers une autre feuille.

"Et compare…"

Ils se sont penchés tous les deux à fond sur les papiers. J'ai eu envie de regarder moi aussi, mais je me suis dit qu'il valait peut-être mieux que je reste à ma place. J'avais l'impression que je ne comprendrais de toute façon pas grand-chose à ces sommes et à ces diagrammes.

Georg a passé une main dans ses fins cheveux teints. La femme au nom de banque s'est soudain levée et a gagné la réception en courant à moitié. Elle est revenue en s'excusant, une calculette à la main.

"Je suis vraiment désolée, mais il semble qu'il y ait une erreur.

— Pas de problème, ai-je dit. Je ne suis pas pressé."

Georg a saisi la calculette et s'est lancé dans des opérations.

"Mais ça ne colle pas du tout…" a-t-il murmuré. Ils se sont dévisagés.

J'ai senti disparaître le poids qui m'oppressait la poitrine, et mes épaules se sont lentement détendues. Quelque part, je me doutais bien que ça ne pouvait pas être aussi catastrophique. Cette somme était évidemment follement trop élevée pour avoir quelque rapport que ce soit avec moi. On pouvait espérer qu'à présent ils la corrigeraient.

"Ah, mais regarde, a-t-elle chuchoté. Ils ont mis ces deux sommes avec celle-là. C'est pour ça…"

Elle m'a regardé en souriant à nouveau. Son visage était à présent plus tendu, ce qui faisait que son sourire ressemblait davantage à une grimace.

"Nous vous demandons vraiment de nous excuser."

Elle a posé son crayon et tapé sur la calculette.

"Il a dû se produire une erreur… un mauvais calcul. Ce n'est pas 5 700 000 couronnes que vous devez payer. Vous devez… – ils ont tous deux regardé la calculette avec des yeux ronds – … 10 480 000."

12

Quand je suis revenu chez moi, c'était comme si tout avait pris un autre aspect. L'appartement avait complètement changé. Tout semblait soudain décoloré. Comme si je voyais pour la première fois combien c'était bon marché et simple. Indigent. Je voyais les cartons à pizza vides, à moitié aplatis dans un sac en papier, en attente de recyclage. La vaisselle dans l'évier, les rideaux pâles et le canapé défoncé.

Les seuils usés que je piétinais jour après jour. La poussière par terre, sur la table et les rebords des fenêtres. Les vieux vêtements délavés, jetés un peu partout. Mais aussi tout ce qui m'était le plus cher : mon ordinateur extraplat, mon rayon de DVD, mes jeux, mon tapis avec le logo Heinz. Ma collection Asimov. Mon affiche Escher. Avec la cascade qui coule vers le haut et que, pendant des années, j'ai considérée comme mon tableau favori. À présent, il me semblait si banal. D'un kitsch tout-venant. Le vieux tableau-miroir avec le motif Coca-Cola, que certes depuis longtemps je trouvais ringard et ridicule, mais qui rappelait tant de souvenirs. Des blocs de dessin et des crayons. Quelques pinceaux. Mes guitares. Les statues indiennes offertes par Sunita. La grande étagère des vinyles et des journaux. Les CD. Les bacs de cassettes audio soigneusement classées. Tout ce qui avait été mes biens les plus chers. À présent, ils semblaient juste morts. Sans vie. Pourquoi avais-je gardé tout ça?

Sur la porte du frigo était collé le menu du thaï et sur celle du congélo celui de la pizzeria. Avec "Calzone Special" et "Pompei" entourées. Mes favorites. Les deux entre lesquelles j'hésitais, avant de toujours choisir la Calzone Special. Le calendrier que j'achetais toujours, avec lequel je me plaisais le plus, était pendu à l'intérieur de la porte du placard, avec ses cases parfaitement vides. J'ai eu envie de pleurer.

13

Le lendemain, c'était à nouveau mon tour de faire l'ouverture de la boutique. C'était assez calme. À la cuisine, l'adhésif s'était détaché et le placard sous l'évier restait comme d'habitude entrebâillé. J'ai zignaillé la porte jusqu'à parvenir à la bloquer, même si je voyais bien que ça ne tiendrait pas très longtemps. J'ai fait un peu de café dans la cafetière brûlée, tandis que les événements bizarres de ces derniers jours me tournaient dans la tête en sifflant. Je ne savais pas par quel bout les prendre. Cette grosse somme, la façon étrange qu'ils avaient de parler, à la WRD. Je n'étais pas habitué à ça. Je me suis dit que je préférais que rien ne change. Puis j'ai pensé à internet et j'ai changé d'avis. Naturellement, il y avait des changements positifs et négatifs. Pourtant, je remarquais qu'il était difficile de vraiment distinguer les bons des mauvais. L'invention de la dynamite, par exemple, était-ce un bien ou un mal ? Devant le râtelier des documentaires, j'ai songé aux bons et aux mauvais changements à travers l'Histoire. En essayant d'énumérer les plus grands changements de tous les temps, j'ai remarqué ma tendance à placer les événements récents avant les plus anciens. Par exemple l'industrialisation avant l'invention de la roue, ou le télégraphe avant la sédentarisation de l'homme. J'avais entrepris de faire la liste de mes trois changements préférés en Occident ces trois cents dernières années, quand je me suis soudain retrouvé avec à la main un documentaire de la BBC sur le combat des suffragettes pour le droit de vote des femmes. Puis je suis tombé sur un film intitulé *Iron Jawed Angels*. Ça avait l'air bien, il faudrait que je pense à le regarder. Et Tom Baker allait bientôt sortir un nouveau film, *The Voice*, forcément sur Frank Sinatra. À moins que ce soit sur Ella Fitzgerald ? Ou s'agissait-il plutôt de tous ces télécrochets ? Puis j'ai trouvé une nouvelle façon de gonfler mes joues, et je me suis amusé avec ça un moment.

Plus tard, j'ai trouvé les restes d'un vieil autocollant que quelqu'un avait mis sur une face du DVD, réduit à présent à plusieurs lambeaux qu'il était vraiment plaisant d'arracher entre le pouce et l'index. Après une bonne vingtaine de minutes, j'avais presque tout enlevé.

J'ai téléphoné pour passer commande chez le thaï et, juste après le déjeuner, une fille rousse est entrée avec une poignée de films en retard. Elle était d'assez mauvaise humeur et trouvait que nous aurions dû envoyer un rappel. Je lui ai dit que c'était ce que nous faisions d'habitude, mais elle s'est contentée de secouer la tête en affirmant qu'elle n'avait rien reçu.

"Bon, des fois, ça peut arriver. Un problème informatique…"

Nous sommes convenus de faire une croix sur l'amende, puisqu'il y avait eu ce cafouillage au sujet du mail de rappel, et elle est repartie un peu plus gaie.

Je me suis dit qu'elle avait peut-être elle aussi une énorme dette auprès de WRD. Il faut s'entraider comme on peut pour garder le moral, ai-je pensé. Montrer l'exemple. Peu à peu, une forme de normalité finirait par se réinstaller. D'une certaine façon, c'était un peu une consolation d'être tous dans le même bateau. Elle était assez mignonne quand elle souriait, cette fille. Jolies taches de rousseur, aussi.

Un peu plus tard dans l'après-midi, derrière le comptoir, j'ai inséré une vieille vidéo dans le petit téléviseur avec VHS intégré, et j'ai eu le temps de regarder la première demi-heure de *Blade Runner* avant qu'il soit l'heure de rentrer. En fermant boutique, je me suis dit que je voulais changer le fond d'écran de mon mobile, mais n'en avais pas eu le temps. Bah, ai-je pensé, alors il me reste ça à faire.

Sur le chemin du retour, je suis passé devant un de ces grands panneaux publicitaires. *Recevoir ou donner*, était-il écrit en grosses lettres bleues. Pour la première fois, j'ai prêté attention à l'annonceur. Le logo en bas à droite. Des caractères si larges et stylisés qu'on n'y reconnaissait pas tout de suite un texte. Trois cubes où les lettres étaient tout juste suggérées par leurs signes distinctifs. La première comme une épaisse couronne et les deux autres comme des boîtes avec des traits et des points. Il fallait regarder très attentivement ou, comme moi, avoir passé beaucoup de temps ces derniers jours en compagnie de ce sigle pour réussir à y lire un W, un R et un D.

14

J'étais arrivé à la maison juste avant sept heures et j'avais à peine commencé à feuilleter le dernier catalogue Elfa quand mon téléphone a vibré dans ma poche. Je ne sais pas pourquoi je me suis imaginé que c'était Maud, mais en répondant j'ai entendu la voix essoufflée de Roger à l'autre bout du fil.

"Alors, t'as reçu la tienne?

— Quoi?

— La facture. T'as reçu la tienne?"

On aurait presque dit qu'il courait. Ce n'était sûrement pas le cas, mais sa façon de soupirer en parlant plus une assez mauvaise forme physique pouvaient donner cette impression.

"Écoute, a-t-il dit, comme s'il avait quelque chose d'urgent à faire. Il y a un truc, là… Tu peux me rappeler?" Et il a raccroché.

Roger avait toujours été très économe. Il avait probablement peur de devenir pauvre ou d'être exploité, ou bien c'était juste dans ses gènes. Et à part le fait de sacrifier aux rituels d'économie usuels – comme tous les gens vraiment pingres : éviter les pourboires, oublier les dettes, aller faire les courses avec son propre sac plastique, décoller les timbres à la vapeur, réutiliser les vieilles enveloppes, couper le moteur dans les descentes – le tout-venant –, il avait aussi développé l'habitude de toujours éviter d'appeler, et d'attendre qu'on l'appelle. Quelle que soit l'urgence. Quand il était malgré tout forcé d'appeler lui-même, il s'arrangeait pour très vite couper la conversation afin que son correspondant le rappelle.

Il a répondu à la première sonnerie.

"Oui, ai-je dit en me couchant sur le canapé.

— C'est pas incroyable ? a haleté Roger. À quoi on joue, là ? Comme si on n'était pas déjà assez emmerdés. Et voilà qu'ils veulent nous pomper encore plus de fric. C'est complètement fou. Non ? C'est pas complètement fou ?"

J'ai passé les deux jambes sur l'accoudoir. Je me suis rendu compte que je me vautrais toujours comme ça, à moitié assis, quand je parlais avec lui. Comme si j'avais une position spéciale pour la conversation avec Roger.

"Si."

On entendait des froissements et des chocs à l'autre bout du fil, comme s'il avait lâché le téléphone, ou le heurtait. Il ne faisait jamais une seule chose à la fois. Toujours occupé à on ne savait quoi. Il avait la capacité de toujours paraître surmené alors qu'il n'avait ni travail ni grand-chose à faire.

87

"… Allô? a-t-il dit après un moment.

— Oui.

— Je veux dire, c'est quand même incroyable, non? Ce truc, on pensait que ça ne concernait que les privilégiés. Maintenant, il va falloir faire un emprunt à la banque, et tout ce merdier. Hypothéquer le bateau, ou je ne sais quoi… Tu es toujours là?"

Je lui ai dit que oui, tandis que Roger continuait à se débattre avec ce qu'il était en train de faire. Y avait-il du monde à l'arrière-plan? Il était peut-être descendu au port pour jeter un œil à son capital. Dans un premier temps, c'était en fait une petite consolation que même Roger soit forcé de sacrifier quelque chose. D'une certaine façon, c'était réconfortant d'avoir quelqu'un avec qui partager ses soucis. Avec le rapport à l'argent qu'il avait, il devait être hors de lui d'avoir reçu une telle facture. Ça avait dû faire l'effet d'une bombe.

Roger possédait un joli voilier dont il prenait grand soin. La prunelle de ses yeux. Il avait l'habitude de m'inviter à faire un tour avec, l'été. Je lui donnais en échange quelques sous pour l'essence et fournissais le casse-croûte, les bières et le reste. Souvent on allait mouiller dans une crique. On sirotait une bière en regardant les oiseaux.

Mais il avait beau être joli, ça restait un petit bateau. Six, sept mètres au plus. Rien d'extraordinaire. Combien pourrait-il emprunter avec cette garantie?

J'ai rapproché mes jambes pour me redresser.

"Et combien tu as eu, alors? ai-je demandé.

— Quoi?" a-t-il haleté tout en bricolant quelque chose.

Sa voix était grumeleuse et lointaine. J'entendais qu'il avait coincé son mobile entre l'oreille et l'épaule.

"Combien dois-tu payer?

— Super-cher!" a-t-il crié, à cause d'un bruit de moteur à l'arrière-plan.

Je me suis levé.

"Combien?

— 220 000 couronnes."

15

Le soleil se couchait sur la ville et se réfléchissait sur les toits, on était presque ébloui. Il faisait encore si chaud que je gardais la fenêtre grande ouverte. De la rue montaient les voix vives d'enfants qui jouaient au foot ou au hockey. Leurs cris pour se prévenir dès qu'une voiture arrivait. Pour quelle raison avais-je un montant à ce point supérieur à celui de Roger ? Il devait y avoir eu une erreur quelque part. Ils avaient dû rater quelque chose. Ne m'avaient-ils pas malgré tout confondu avec un riche héritier de l'entourage des Wallenberg ? Ou avec quelque oligarque ? Roger était un pauvre diable sans revenu ni perspectives d'avenir. Je m'attendais bien sûr à devoir payer plus que lui, le contraire m'eût étonné. Mais ça ? C'était invraisemblable.

J'ai fait un rapide inventaire des chagrins et des échecs de ma vie, et je suis arrivé à la conclusion que j'étais forcément trop misérable pour correspondre à cette nouvelle addition de 10 480 000 couronnes.

Je me suis couché sur le canapé et j'ai senti que mes parents me manquaient. Ça aurait été le moment d'appeler pour leur dire que j'étais tombé dans un mauvais pas. Je me serais lamenté, ils auraient écouté attentivement, l'écouteur entre eux deux, avant de me consoler en disant que tout allait s'arranger. Et c'était ce qui se serait passé. Elle me manquait, cette sensation chaude, douillette, qu'on avait en se déchargeant d'un problème entre leurs mains. On pouvait alors aller se blottir en pyjama devant une série télé en bouffant des chips au fromage. Et tous mes amis. Depuis longtemps, ils s'étaient mariés, avaient fait des enfants et, depuis, n'avaient plus le temps de me voir. Ce qui avait été jadis une profonde amitié, d'innombrables jours d'une fréquentation libre, sans exigence ni projet, des semaines de découvertes communes – pendant une longue période mon seul repère dans l'existence –, de longues conversations sur la vie, des discussions sur la politique, les relations, le monde ; en très peu de temps, tout ça s'était réduit à un café pris au vol ou une bière rapide une fois tous les six mois.

Restait Roger, qui n'avait jamais vraiment su par quel côté prendre l'existence. Qui n'opposait jamais de résistance mais n'inspirait pas non plus particulièrement confiance. Qui souffrait d'un stress de plus en plus destructeur avec le temps et l'âge, à force de n'avoir le temps de rien et de ne jamais arriver à rien. Et qui semblait en même temps incapable de décider quoi faire de sa vie et s'enfonçait peu à peu dans le mépris de soi et une relation à l'argent toujours plus maladive.

En plus, il réussissait toujours à se sentir floué. Comme s'il présupposait toujours qu'il finirait par perdre, même si les choses se présentaient bien pour l'instant. Même les gains se transformaient avec le temps en pertes, selon une sorte de système bouddhiste zen à rebours. Chaque instant de bonheur inattendu comportait toujours une part de désagréments. Qui peu à peu prenait le dessus. Une fois, il y a longtemps, son joli bateau était tombé du ber où il passait l'hiver. Ça avait fait un gros trou sur un côté de la coque. "C'est terrible, avait dit Roger. Ça va me coûter des dizaines de milliers de couronnes à faire réparer." Renseignements pris, il s'était avéré qu'un peu plus tôt dans l'hiver, un employé avait renversé le ber avec sa grue : le club nautique était donc responsable des dégâts. S'était ensuivi un conflit entre le club, le grutier et l'assurance. Chacun estimant que l'autre devait assumer les frais.

"C'est typique, s'était lamenté Roger quand il avait fini par m'amener à l'appeler. Personne ne veut payer. Ça va me coûter des dizaines de milliers de couronnes."

Il avait passé tout l'hiver à rabâcher de combien de dizaines de milliers de couronnes il allait être de sa poche. La compagnie d'assurances avait pourtant fini par assumer les frais et Roger avait été entièrement dédommagé. Il s'était avéré que, tant qu'à réparer la coque, autant changer aussi une partie du pont. Un constructeur naval très compétent s'était chargé de réaliser les travaux avec soin, juste à temps pour la mise à l'eau estivale. Pour arrondir les angles, le club nautique lui avait, par-dessus le marché, offert un an de loyer. En fin de compte, Roger y avait gagné sur tous les plans. Et pourtant, il avait continué à se référer à cet événement comme à un grand malheur, et le citait en exemple de toutes les tuiles qui lui tombaient dessus. "Tu comprends, disait-il souvent, même plusieurs années après, il s'agissait quand même de plusieurs dizaines de milliers de couronnes."

Pour la première fois depuis longtemps, la compagnie d'une fille m'a manqué. J'ai alors songé à Sunita, avec aussitôt un pincement au cœur. J'ai pensé aux journées que nous passions dans son bel appartement de Vasastan. En fait, c'était celui de son père mais, comme il était en poste à Mexico et que le reste de la famille était en Inde, dans la pratique, c'était le sien. Quand nous étions ensemble, je m'y sentais presque chez moi. Même si je savais depuis le départ que notre relation ne durerait pas.

Nous nous étions rencontrés au ciné-club de son université. Il y avait surtout des étudiants étrangers, et le club organisait des projections de classiques suédois, les lundis soir. Bergman,

Sjöberg, etc. On m'avait contacté comme une sorte de conférencier. Le ciné-club avait une buvette où je faisais un bref exposé sur le réalisateur au programme. Je présentais ses thèmes récurrents, montrais des photos, passais quelques scènes clés, j'étais assez content de ce travail. Ensuite, Sunita et moi avions commencé à nous regarder à la dérobée les lundis soir et j'ai fini par lui demander d'où elle venait : non sans une certaine fierté, et dans un anglais étonnamment heurté, elle m'avait dit être née dans la ville sacrée de Varanasi, mais avoir grandi à Bombay. Cette dignité combinée à une seyante timidité avait eu sur moi un effet indélébile. Elle m'apparaissait infiniment exotique. Peut-être l'étais-je aussi pour elle ? Nous ne parlions jamais que l'anglais, mais je crois qu'elle connaissait un peu le suédois, même si elle ne voulait pas le laisser paraître. Elle aimait le cinéma. Surtout Bergman. J'avais réussi à lui trouver des éditions spéciales avec des bonus inédits, et nous passions des heures et des heures devant le téléviseur, dans son séjour, sur un énorme canapé blanc au tissu moelleux.

Le père de Sunita était diplomate. Il avait récemment été muté de Suède au Mexique mais, pour une raison X, il ne voulait pas que Sunita l'y accompagne. Peut-être estimait-il qu'elle devait terminer l'école qu'elle avait commencée. C'était peut-être aussi à cause d'un oncle paternel qu'elle avait en Suède, qui s'était vu confier la charge de protecteur ou de chaperon, en coulisse. Ils pensaient que c'était plus sûr pour Sunita ici. C'était sans compter avec moi.

Sunita était la prunelle des yeux de son père, et c'était réciproque. Elle me répétait à l'envi combien son papa chéri était fantastique. Que tous les Indiens ne voulaient que des garçons, mais que sa mère et son père avaient dû se contenter d'elle. Qu'il était extrêmement inhabituel qu'une fille puisse voyager et faire des études. Sunita répétait sans arrêt qu'elle aimait son père plus que tout au monde et, comme il était rarement là, je n'y voyais aucun inconvénient.

Sa liaison avec moi devait cependant être tenue absolument secrète. Personne ne devait rien savoir. Ni famille, ni parents, ni amis. Je ne devais pas en toucher le moindre mot à mes copains, ni à personne de mon entourage. On lui avait accordé quelques années pour étudier et voir le monde, mais il fallait qu'elle rentre et se marie avant ses vingt-cinq ans. C'était très important. Sa famille avait déjà un certain nombre de candidats au pays. Je n'ai jamais bien compris le principe de ces traditions, du mariage et du système des castes, à part que c'était papa qui décidait et que Sunita appartenait à une caste supérieure à la plupart des autres, et qu'avec moi, c'était totalement impossible. Ça n'arrivait tout simplement pas. C'était pour ainsi dire si loin en dehors de tout cadre que c'en était impensable.

Toute la famille devait bientôt se réunir en Inde. Entre-temps, elle était autorisée à vivre une vie assez libre en Suède. La seule condition était qu'elle réussisse ses études et soit vierge en revenant à Bombay.

Elle ne l'était pas.

Au début, elle était infiniment prudente. Moi aussi. Nous parlions beaucoup. Des films, surtout, mais bientôt de plus en plus de nous. Elle allumait des bougies et de l'encens. Elle avait des yeux sombres, comment dit-on, en amande, et une peau d'une douceur irréelle. De longs cheveux et des joues rondes, alors qu'elle était par ailleurs assez mince. Elle se lamentait souvent d'avoir des fesses trop larges et un nez trop grand mais, en fait, elle était d'une beauté fantastique. J'aimais beaucoup simplement la regarder. Je le lui avais dit, et je crois que l'idée en elle-même lui plaisait. Elle s'habillait toujours avec beaucoup de goût, dans des étoffes vertes, jaunes et dorées qui semblaient hors de prix.

Nous prenions toutes nos précautions. Nous ne parlions jamais en public et nous montrions rarement ensemble. Nous ne nous appelions jamais, mais inventions des codes et des signes secrets que personne d'autre ne pouvait comprendre. Un bracelet-montre de travers signifiait une lettre cachetée laissée à l'accueil de l'université, où je passais souvent prendre des films et des paquets liés à mon activité au ciné-club.

Au début, ce n'étaient que de brefs messages. *9 p.m.*, par exemple. Ce qui signifiait qu'à neuf heures pile, je franchissais le porche de l'autre côté du pâté de maisons, traversais la cour et étais introduit chez elle deux minutes plus tard. Sans jamais frapper à la porte. Ni sonner.

Une fois là-haut, nous restions un moment dans son grand séjour à regarder le paysage. Parlions de la pluie et du beau temps, de l'université, ou de quelque nouvelle. Elle me servait parfois de l'eau minérale ou un jus de fruit. Puis, avec une lenteur extrême, elle ôtait l'un après l'autre ses fins vêtements, comme en passant, tandis que nous parlions d'autre chose ou regardions un film. Le film fini, nous restions immobiles à attendre. À respirer. À nous humer. À nous regarder dans les yeux. Parfois plusieurs minutes. Je ne pensais jamais rencontrer une femme comme elle. D'une certaine façon, le seul fait d'être auprès d'elle me satisfaisait, mais l'amour interdit et nos précautions mutuelles – notre façon grave de nous approcher physiquement l'un de l'autre – chargeaient l'atmosphère de désir.

Ce n'est qu'au bout de plusieurs semaines que nous avions commencé à nous toucher, de lentes caresses légères comme la plume, et il nous avait fallu longtemps avant de seulement nous embrasser. Lentement mais sûrement, nous repoussions les limites permises.

À plusieurs reprises s'étaient pointés des parents, tuteurs, gouvernantes ou que sais-je. Une fois, j'étais dans un tel état que j'avais dû me réfugier sur le balcon. Sinon, on racontait que j'étais un professeur qui lui donnait des cours particuliers. Peut-être m'avait-on affublé d'un titre et d'un nom, je ne sais pas. Ils parlaient longtemps. Je ne comprenais pas un traître mot, mais ils avaient l'air de gober ses explications. Ce fameux oncle ne se montrait en fait jamais. Peut-être avait-il des gens pour la contrôler à sa place ? Tous semblaient satisfaits en tout cas, et elle demeurait sans doute pure à leurs yeux. Aucun ne semblait, ne serait-ce qu'un instant, soupçonner qu'il puisse se passer quelque chose d'inconvenant dans cet appartement. Mais enfin, quoi, nous avions vingt ans et quelque.

Peu à peu, nos messages étaient devenus de plus en plus raffinés. Parfois, ces enveloppes contenaient un objet. Il pouvait s'agir d'une serviette, ou d'une pochette d'allumettes avec l'adresse d'un restaurant. Cela ne signifiait pas que nous allions nous y retrouver, mais que je pouvais y passer en cachette pour recevoir une indication sur les plans pour la soirée.

Parfois, je me rendais dans le restaurant en question, où je m'asseyais seul à bonne distance pour la regarder dîner avec un parent ou je ne sais qui. Si elle tournait son bracelet un certain nombre de fois, c'était le signe que je pouvais la suivre jusqu'à chez elle, attendre que la voie soit libre, me glisser par-derrière et être introduit pour une visite tardive.

À mesure que nous devenions plus à l'aise avec ces arrangements, elle se montrait de plus en plus exigeante. Un jour, j'avais trouvé à l'accueil une belle enveloppe rembourrée. Dedans, un papier avec un horaire et l'adresse d'un restaurant chic, plus un vêtement dont elle me laissait comprendre qu'elle ne le porterait pas sous le sarong éclatant qu'elle avait mis ce soir-là pour dîner en compagnie de trois messieurs et dames d'âge mûr qui semblaient tous sur le point de s'endormir. Cinq tables plus loin, je n'avais su commander qu'un Coca-Cola, et c'était une chance, car il s'était avéré coûter à peu près trois fois le prix maximum que j'imaginais possible pour un soda. Au cours de la soirée, elle s'était tournée dans ma direction et m'avait regardé un long moment droit dans les yeux. Soudain, j'avais eu peur qu'elle n'ait tourné son bracelet sans que je l'aie vu. J'avais bien l'impression d'avoir perçu quelque chose, mais peut-être n'avait-elle fait que regarder sa montre ? Longtemps, j'étais resté avec des glaçons dans la bouche à regarder comme un idiot dans sa direction, pour éventuellement saisir un signal plus clair. Mais rien. Par acquit de conscience, j'étais malgré tout allé chez elle. Planté devant sa porte, il m'avait semblé l'entendre bouger à l'intérieur, mais elle n'était jamais venue ouvrir.

Elle avait ce don, parfois, de sourire de tout son visage en me regardant, comme si elle voyait à travers le masque, au-delà de mon être habituel, quotidien. Parfois, quand nous étions au lit, elle suivait mes traits du bout du doigt. Depuis la base des cheveux le long du front, l'arête du nez, en passant sur le menton et jusqu'au torse. C'était comme au cinéma.

Je ne pouvais jamais rester dormir. L'heure venue, il fallait ramasser ses vêtements, s'habiller et filer par là où on était arrivé.

Quand elle a eu vingt-quatre ans et fini ses études, un message est arrivé comme prévu de Mexico lui enjoignant de rentrer à Bombay pour se marier, et Sunita n'a pas hésité une seconde. Elle était parfaitement disposée à obéir aux souhaits de sa famille, et m'étonnait toujours par sa loyauté envers un système qui, du moins dans mon monde, semblait oppressant. Elle était absolument fidèle aux projets de son père et se fâchait sans discussion possible s'il m'arrivait de remettre en question tout cet arrangement. Elle était fière de ses origines et de qui elle était, et l'idée ne lui serait jamais venue d'y changer quoi que ce soit. Aucun argument tiré de la théorie du genre ni aucun égarement érotique passager n'auraient pu la faire changer d'avis.

La dernière nuit où nous avons fait l'amour, nous avons tous les deux pleuré sans interruption et, le lendemain, nous nous sommes retrouvés à l'aéroport d'Arlanda à une distance de sécurité de trente mètres. Avec toute sa famille autour d'elle et des centaines d'inconnus qui passaient entre nous.

Un regard, puis elle a disparu.

Il m'a fallu plusieurs années avant de vraiment pouvoir penser à autre chose. Je chargeais toute musique de mes propres peines de cœur, rapportais chaque ligne triste d'un livre au souvenir de notre histoire. Parfois, je me réveillais en pleine nuit avec l'impression qu'elle était près de moi. Mais c'était toujours vide. Parfois, en passant devant un des restaurants où elle avait été, je croyais l'apercevoir, mais c'était toujours quelqu'un d'autre.

Je me suis lentement redressé sur le canapé. J'ai passé la main dans mes cheveux en me demandant si j'avais jamais tourné la page. Après Sunita, il n'y a plus eu de relation durable. Je lui comparais toutes les femmes. Recherchais en vain cet éclat, cette intensité…

J'ai compris que je ne revivrais peut-être jamais plus cette charge érotique et cette intense tendresse. Parfois, je me demandais ce qu'elle pensait de moi à présent. Se souvenait-elle de moi? Se souvenait-elle de nos aventures et de nos rencontres secrètes, ou avait-elle tout refoulé? D'une certaine façon, elle devait sûrement regretter ce que nous partagions. Au moins un peu?

Quel montant elle et sa famille avaient-ils eu à payer à la WRD ?

Le soleil s'était couché. Il faisait sombre dans l'appartement et je ne me résolvais pas à allumer de lampe. Tantôt, couché sur le flanc, je regardais fixement mes affaires sans valeur, tantôt je me relevais en me grattant la tête. La soirée est passée, la nuit est venue. J'aurais dû aller me coucher, mais je sentais juste monter en moi l'indignation.

16

"Je ne comprends pas, ai-je dit à Maud quand elle a enfin répondu de sa voix nonchalante et endormie. Je ne trouve pas ça juste…"

Je l'ai entendue se racler un peu la gorge à l'autre bout du fil.

"Non… hum… J'ai entendu dire que votre montant avait été majoré."

C'était au milieu de la nuit. Peut-être essayait-elle de se reposer un peu entre les appels. Peut-être s'était-elle assoupie un brin ? C'est qu'elle avait elle aussi besoin de dormir de temps en temps. De toute façon, je m'en fichais. J'étais resté des heures allongé sur le canapé à m'énerver sur ce calcul injuste. Je sentais qu'il fallait que ça sorte.

"Majoré ? Mais enfin, ça a doublé…"

Elle rangeait quelque chose. Peut-être des draps ou une couverture.

"En effet, j'ai parcouru votre dossier et, oui, un résultat impressionnant, je dois dire. Ils avaient complètement mélangé vos chiffres, là-haut, et…

— Mais mon copain Roger…" l'ai-je coupée, avant qu'elle me coupe aussitôt à son tour, avec comme d'habitude un de ses laïus bien rodés. Elle pouvait sûrement les débiter en dormant.

"Ne vous amusez pas à vous comparer entre vous. Il est extrêmement difficile de voir les différences si on n'est pas formé et familier de l'outil de mesure."

Tout ça, je m'en fichais désormais. J'estimais en avoir assez entendu.

"Je pense plutôt que c'est profondément injuste, ai-je poursuivi. Plus j'y pense, plus ça m'attriste. Au fond, je n'ai rien fait de ma vie. Rien. Pas voyagé, rien appris, rien exploré… J'ai traîné avec des potes en déconnant ici ou là. Tous les jours à mater des vidéos, jouer à des jeux ou écouter des disques. Ces dernières années, je suis toujours allé dans la même boutique acheter les mêmes céréales pour le petit-déjeuner. Je prends toujours la même sorte de café dans le même bistro, je vais au même boulot où je traîne tous les jours de la même façon. Puis je vais dans le même restaurant acheter le même plat à emporter. Je vais même toujours au même kiosque quand je me paie une glace. J'achète le plus souvent au rayon surgelés une Pizza Grandioza X-tra 40 % de goût de plus, que je réchauffe au micro-ondes. Si c'est la fête, je prends en plus une barre glacée Nogger. Ou deux. Je ne sors jamais. Ne vois jamais de copains. Putain, c'est pas une vie!

— Pourquoi ne les voyez-vous pas?"

Elle semblait plus en forme, mais sa voix accrochait encore un peu. Comme plus rauque que d'habitude. Je me suis demandé un court instant si elle était en chemise de nuit. Ou comment dormait-elle? En même temps, j'étais trop indigné pour m'intéresser à elle sur ce mode-là. Pour une fois, j'étais tout simplement en colère. Et même un peu triste. Et j'ai remarqué avec quelle efficacité cela étouffait dans l'œuf toute velléité de flirt.

"Je ne sais pas. Je n'y ai pas pensé avant de vous en parler à l'instant. Vous prétendez que je dois payer pour ma belle vie, mais en fait j'ai eu une vie de merde.

— Mais vous aviez tout pour... a-t-elle commencé.

— Alors c'est pire."

J'ai senti monter les larmes, en songeant à tout ce que j'aurais pu faire. Sunita – aurai-je dû la poursuivre? Aurais-je dû partir en Inde la chercher et tenter de l'emmener avec moi? Vers quoi? La Suède? Une vie dans mon appartement, concubine d'un employé à temps partiel du vidéo-club *Les Bobines de Jojo*? Aurait-elle accepté? Les larmes se pressaient derrière mes paupières, je m'efforçais de les refouler, ce qui me donnait sans doute un ton plus agressif que je n'aurais voulu.

"C'est bien ça le plus triste. J'avais la possibilité, mais putain, qu'est-ce que j'en ai fait? Que dalle."

Peut-être a-t-elle eu peur, ou s'est-elle juste inquiétée que je me mette à lui geindre dans les oreilles, mais elle s'est mise à parler d'une voix nettement plus douce.

"Mais pourquoi ça?

— Putain, qu'est-ce que j'en sais? C'est comme ça, c'est tout. Les années passent. On n'y pense pas. D'une certaine façon, c'est quand même confortable, et puis j'ai sans doute un peu peur d'être blessé, tout ça... je ne sais pas... J'ai toujours évité les conflits et toujours été drôlement content de ne pas avoir à me disputer. Autrefois, je me réjouissais d'éviter les choses, j'avais l'impression d'un gain, vous voyez, comme si je m'en tirais bien en étant dispensé de quelque chose de pénible. Un peu comme quand on n'était pas interrogé à l'école ou qu'on évitait de se faire casser la figure dans la cour de récréation. Mais aujourd'hui... putain je ne sais pas, je me sens floué, d'une certaine façon, comme si ce que j'avais évité était justement... – j'ai senti mes yeux qui me brûlaient – oui, justement... la vie elle-même."

Impossible de me retenir plus longtemps. J'ai chialé dans le téléphone. Beuglé comme une bête. Je me fichais bien de ce qu'elle pensait. Elle pouvait bien me trouver tue-l'amour et pénible. Curieusement, pourtant, elle n'avait pas l'air du tout effrayée. Au contraire. Elle m'a parlé d'une voix douce.

"Qu'est-ce que vous auriez voulu faire, alors?"

Je me suis couché par terre, sur le dos. J'ai regardé le plafond en essayant de respirer calmement. Les lattes du plancher étaient malgré tout un peu fraîches.

"Je ne sais pas. N'importe quoi. J'aurais sans doute voulu voyager, rencontrer des gens. Plus de filles. Essayer… Enfin vous savez, faire quelque chose d'illégal…"

J'ai fermé les yeux en ravalant ma morve.

"Au fond, rien d'extraordinaire. J'aurais sans doute juste dû faire plus attention à ce qu'il y avait autour de moi. Je veux dire, on causait l'autre fois du soleil et…

— Vous disiez que le paysage vous plaisait."

J'ai remarqué que je haussais la voix.

"Exactement. Mais alors, pourquoi n'être pas sorti me promener? Pourquoi ne pas profiter un peu plus de tout?

— Oui, pourquoi ne l'avez-vous pas fait?"

J'ai fixé le plafond. Il y avait des fissures. Difficile de dire d'où elles partaient. Ça avait plutôt l'air de s'être craquelé à plusieurs endroits en même temps. Ça m'a fait penser à une porcelaine fine très ancienne. Au bout d'un moment, j'ai redressé la tête pour m'étirer le cou.

"Je ne sais pas. Je dois être, comment dit-on, casanier.

— Oh oui, nous l'avons remarqué.

— Quoi? Comment ça?

— Je veux dire, nos contrôleurs."

J'ai étiré plusieurs fois ma nuque dans un sens puis l'autre. Le sol dur résistait sous moi. C'était agréable. Presque comme un massage.

"Des contrôleurs?

— Ceux qui nous fournissent des informations. Ils ont aussi remarqué que vous étiez une personne, comment dirais-je, routinière.

— Sacrément routinière, ai-je pouffé. Je n'y avais pas réfléchi, mais putain c'en est tragique."

J'ai laissé retomber ma tête contre le sol.

"Vous êtes sincère? a demandé Maud.

— Oui, ai-je répondu en me raclant la gorge pour retrouver ma voix normale.

— Je veux dire, vous ne dites pas ça juste pour faire baisser le montant de votre dette? Comme avec cette histoire d'angoisse?

— Non."

Couché par terre, je me tâtais. Je songeais à ma vie. À toutes ces heures, ces instants disparus à jamais. Toutes ces rencontres. Sans crier gare, les larmes me sont encore montées aux yeux sans que j'y puisse rien.

"Et puis maman me manque", ai-je dit d'une voix brisée.

Maud est restée un moment sans rien dire. À attendre. En me laissant souffler.

"Vous aimiez votre maman", a-t-elle dit alors, plus une constatation qu'une question. Je ne suis pas parvenu à répondre quoi que ce soit. J'ai hoché tout seul la tête en reniflant.

Nous sommes restés tous deux un long moment silencieux. Quand m'étais-je pour la dernière fois confié ainsi à quelqu'un ? D'une certaine façon, ça faisait du bien. Je sortais de ma coquille. Et elle n'avait pas l'air contre. Elle aurait pu raccrocher, si elle ne voulait pas écouter. Mais elle m'a laissé continuer.

"Un été, on a campé à Närke.

— Je sais. J'ai vu.

— Ah bon ? Oui, évidemment.

— Voyons, en 1984, c'est ça ? a-t-elle dit, avant de corriger aussitôt. Non, attendez, c'était en 1985.

— Oui, c'est possible, ai-je dit en essayant d'essuyer les larmes sur mes joues. Il a plu tout le temps, ai-je ajouté à tout hasard.

— Oui, j'ai vu ça aussi, a murmuré Maud.

— Maman et moi. Et puis aussi papa et ma frangine, bien sûr… On avait loué une caravane.

— Un camping-car plutôt, non ? a dit Maud. La caravane, c'était l'été précédent. Une Cabby 532. En 1985, vous aviez… Mais pardon, vous alliez dire quelque chose…"

J'ai pris un bout d'essuie-tout pour tenter de me moucher.

"Mmm, un camping-car, alors."

Nous nous sommes tus un moment. Je me suis mouché dans le papier en faisant autant de bruit que possible.

"Vous aimiez la pluie ? a-t-elle dit.

— Enfin, bon, ce n'est pas que j'aime quand il pleut tout le temps…

— Non, non, mais là, justement, ça correspond à votre profil.

— Ah oui? Oui, c'est vrai, c'était douillet d'être là. On ne faisait pas grand-chose. Juste… Comment dire? On était là, c'est tout."

Je l'ai entendue feuilleter à nouveau.

"Mmm, oui, vous avez fait un gros score cette semaine-là. Sur le plan santé, relations, intensité, teneur en oxygène de l'air… oui, un pic.

— On a joué au *Uno*, ai-je dit, en sentant monter une nouvelle explosion de larmes.

— Pardon?

— *Uno*, ai-je glapi. On y a joué."

Elle s'est tue un moment.

"Ah oui? Qu'est-ce que c'est?

— *Uno*. Un jeu de société. Vous ne connaissez pas?

— Non, en effet. C'est comme le *Monopoly*?

— Mouais, mais en plus simple.

— En quoi cela consiste-t-il?"

Je n'ai pas pu m'empêcher de sourire un peu. "En quoi cela *consiste*?"

Elle semblait tout à coup confuse.

"Oui?

— En fait, je ne me rappelle plus bien. Je crois qu'il faut se débarrasser de ses cartes, ou quelque chose comme ça. Enfin, ce n'est pas important. Vous n'avez jamais joué au *Uno*?

— Non.

— Alors il faudra qu'on le fasse un jour",
ai-je dit.

Elle n'a pas répondu.

17

D'une certaine façon, c'était à présent facile de lui parler. C'était de plus en plus comme s'adresser à une amie. Même si elle prenait tout le temps ce ton technocratique. J'ai réalisé que je devais lui sembler une personne très émotive et intuitive. Elle était si correcte. Si concrète. Je me suis dit soudain que j'étais son exact contraire. Mais qu'étais-je, alors ? Faux ? Et abstrait ?

"Vous êtes fort au *Trivial Pursuit*, a-t-elle dit. Vous avez de très jolis résultats. Surtout pour les titres de films et les réalisateurs.

— Ah ça, oui ! J'ai le plus haut… euh enfin… disons le score moyen."

Elle a éclaté de rire.

"Inutile de noircir le tableau. Nous avons déjà toutes les infos.

— Hum. Bon, d'accord, c'est vrai, je ne suis pas mauvais."

J'ai passé la main sur le plancher. J'ai vu la couche de poussière grise au bout de mes doigts. Il aurait fallu passer l'aspirateur, bien sûr.

"Votre boulot est sympa? ai-je demandé au bout d'un moment.

— Sympa, je ne sais pas. C'est passionnant de participer à ce grand changement, et ce travail a du sens… je veux dire, c'est une mission importante…

— Et ce Georg, ai-je dit.

— Oui?

— Est-ce qu'il est… Comment est-il?"

Elle réfléchit un moment.

"Je ne les connais pas très bien, là-haut. Mais j'ai cru comprendre qu'il était très fort et connaissait bien l'outil de mesure. Probablement à WRD celui qui maîtrise le mieux…

— Il se teint les cheveux?"

Elle s'est tue à nouveau.

"Il… a-t-elle commencé. S'il se teint les cheveux? Vraiment, je ne sais pas.

— Je dirais que oui. Il me rappelle un personnage de film.

— Ah oui?

— Je n'arrive juste pas à me souvenir qui."

J'ai mis de l'essuie-tout en boule pour m'essuyer un peu mieux les joues.

"Vous avez toujours aimé le cinéma?" m'a demandé Maud après un moment.

J'ai reniflé un oui.

"Depuis combien de temps travaillez-vous au vidéoclub?"

J'ai pensé qu'elle devait avoir ça quelque part dans ses papiers, mais j'ai respiré à fond et réfléchi. Je me suis raclé la gorge en essayant de retrouver un peu ma voix.

"Eh bien, ça doit faire dans les neuf ans aujourd'hui."

Elle est restée un moment silencieuse, comme si elle se demandait elle aussi si cela ressemblait vraiment à une vie à 10 millions.

"Quel est votre film préféré? a-t-elle demandé au bout d'un moment.

— Mon film préféré? Ça, je ne sais pas, difficile de choisir. Je trouve presque toujours quelque chose de bien dans un film…"

Je l'ai entendue sourire à l'autre bout du fil.

"Je m'en doutais.

— Je veux dire, c'est difficile de choisir *un* film."

Elle a marmonné quelque chose qu'on pouvait comprendre comme une approbation, ou alors elle voulait dire qu'elle savait aussi que j'allais répondre ça.

"Mais il y a une scène, ai-je dit après un moment. Dans un film bosniaque, *Le Pont*.

— *Le Pont?*

— Oui, ce n'est pas un film tellement connu. Vous ne l'avez sans doute pas vu. Elle est, je ne sais pas… Je pense souvent à cette scène.

— Pourquoi?

— Elle est, que dire? Elle est bien. C'est une bonne scène. Bon, et vous, quel est votre film préféré?"

Elle a toussé.

"Moi? Non, je ne vais pas souvent au cinéma."

J'allais dire que j'en étais presque sûr, mais je me suis abstenu.

"Vous devez quand même avoir vu un film?

— Euh… Rien d'inoubliable.

— Mais qu'est-ce que vous faites, alors?

— Moi?

— Oui.

— Je travaille", a-t-elle vite répondu, avant de rire.

J'ai ri moi aussi. C'était un peu intime, d'une certaine façon, cette conversation que nous avions. Comme si nous avions franchi une frontière. Comme si nous pouvions parler de choses qui comptent vraiment. Ouvertement, sincèrement. Sans avoir honte.

"Non, sérieusement?" ai-je dit.

Elle se tut un moment.

"Oui, mais c'est qu'il y a beaucoup de travail, bien sûr."

Nous sommes restés tous deux silencieux.

"Qu'est-ce que vous aimez le plus, alors? ai-je fini par demander. Le cinéma? La musique?"

Elle a ri à nouveau. Ou pouffé.

"L'art? Le théâtre? ai-je continué.

— Non, pas le théâtre.

— Ah non?

— Non, je ne sais pas…

— Les livres?"

Elle s'est tue à nouveau. On sentait bien qu'elle n'était pas habituée à cette répartition des rôles. Elle n'était pas à l'aise pour répondre à des questions, et préférait sûrement les poser.

"Que faites-vous pour vous détendre? ai-je repris.

— Eh bien… Oui, j'aime bien lire le journal…"

Le silence était revenu et je ne savais pas bien quoi dire. J'ai laissé mon regard descendre du plafond vers le canapé au rembourrage fatigué. Elle a froissé quelque chose et bu son thé ou son café. J'essayais de l'imaginer chez elle. C'était malgré tout un silence assez confortable.

"Et vous-même, quel montant avez-vous eu?

— Non, a-t-elle dit d'un ton ferme. Nous ne discutons pas de nos comptes privés avec…"

Elle n'a jamais fini cette phrase, et je n'ai jamais su comment elle comptait appeler quelqu'un comme moi.

"D'accord, ai-je dit. Mais vous pouvez peut-être le dire malgré tout?

— C'est totalement contraire au règlement, en tant qu'employée, de…

— Mais si on enfreignait un peu les règles, maintenant?"

Elle s'est à nouveau tue.

"Et puis on ne doit pas comparer. Ce n'est pas bien.

— Non, bien sûr. Mais allez, quoi…"

Elle respirait par le nez. Il m'a semblé entendre qu'elle souriait.

"Bon, ça fait quand même une sacrée somme, évidemment.

— Combien ?"

Elle a ri.

"Écoutez, je ne devrais vraiment pas…"

C'était comme si je l'entendais froncer la lèvre supérieure. Elle avait probablement espéré que j'en resterais là, que je comprendrais tout seul que j'étais allé trop loin et que j'abandonnerais la partie mais, comme je ne disais plus rien, ça a fini par sortir.

"Un peu moins de 700 000."

Nous sommes restés un moment silencieux tandis que cette somme flottait dans l'air entre nous.

"Mais enfin, ai-je fini par lâcher. Ce n'est rien du tout.

— Comme je disais, il est extrêmement difficile de comparer…"

Je me suis relevé.

"Qu'est-ce que vous avez donc qui ne…"

Elle a élevé la voix en me coupant.

"Pardon, c'était idiot de ma part. C'est privé, je n'ai vraiment pas envie de parler de…

— Mais c'est vraiment incroyable, ai-je continué. Qu'est-ce que j'ai que vous n'avez…

— Encore une fois, il est difficile d'avoir une vue d'ensemble…

— Pourquoi n'arrivez-vous pas plus haut…"

Elle m'a à nouveau coupé d'une voix assez forte.

"J'ai eu très peu de points en affirmation! OK?

— OK.

— Mon système de récepteurs muscari-niques-cholinergiques ne permet pas une dis-tribution suffisante dans certains domaines."

Elle se tut, comme si elle pensait que je me satisferais de cette explication.

"Euh… On peut avoir une traduction?

— J'ai eu de très mauvais scores au plan indi-viduel. Une moins bonne endurance du système de gratification."

J'ai réfléchi un instant à ces mots.

"Et qu'est-ce que ça signifie?"

Elle a soupiré.

"Que je suis mauvaise pour, ah je ne sais pas…"

Soudain, elle a paru perdre patience.

"Que voulez-vous que je dise? Comment vous l'expliquer? Il n'y a pas de mots plus simples. Je suis tout simplement mauvaise pour…

— Vous gratifier?"

Elle s'est tue un long moment.

"Il vous faut apprendre à *éprouver* les choses", ai-je dit.

Elle a ri.

"Comme vous?

— Comme moi.

— Ouais… Et on voit où ça vous a conduit…"

18

La fenêtre était restée ouverte tandis que nous parlions. Dehors, la nuit était calme et chaude. Juste le bruit éloigné d'une fête. Dire qu'on reconnaît ce bruit, aussi faible soit-il. Des jeunes voix qui songent peut-être à continuer ailleurs, se baigner au clair de lune et rester debout toute la nuit. Se procurer du vin ou de la bière et s'endormir ensemble dans quelque parc jusqu'aux premiers rayons du matin. Je lui ai demandé si elle chantait et elle a d'abord paru un peu irritée, comme si elle croyait que je me moquais d'elle. Mais quand je lui ai dit qu'elle avait une voix de jazz typique et que j'adorerais l'entendre chanter, elle a ri et dit qu'elle y songerait, qu'elle ne connaissait pas grand-chose au jazz, et qu'en aucun cas elle ne s'y mettrait cette nuit. Je ne sais pas depuis combien de temps nous parlions, mais je commençais à avoir très chaud à la joue, et j'ai dû changer d'oreille. Ça faisait drôle de l'entendre de ce côté.

"Je crois que vous feriez mieux d'aller vous coucher", lui ai-je dit.

Elle a ri.

"Oui, c'est ce que j'essayais de faire quand quelqu'un m'a appelée.

— Pourquoi répondez-vous toujours?"

Elle n'a rien dit.

"Vous n'êtes pas forcée."

Elle ne disait toujours rien. Mais j'entendais sa faible respiration. Peut-être était-elle couchée. J'en avais l'impression. Je l'imaginais, étendue sur le côté, un peu comme moi, le téléphone appuyé à l'oreille, les yeux fermés.

"Vous avez fait du super-boulot. J'ai trouvé que vous aviez rédigé un très joli rapport sur moi, l'autre jour. Je suis très satisfait de votre accueil. Je me sens à la fois informé et bien pris en main."

Je l'ai entendue inspirer profondément.

"Oui, a-t-elle fini par chuchoter, mais vous vous contentez de si peu…"

J'ai rapproché l'écouteur de mon oreille.

"Je trouve que vous méritez de raccrocher ce téléphone, à présent."

Elle se taisait à nouveau.

"À moins que vous *vouliez* parler, bien sûr…"

À nouveau un long moment de silence. J'ai pris le téléphone de l'autre main pour doucement ôter quelques mèches de mon front brûlant.

"Si vous voulez parler avec moi, nous pouvons. Je trouverais ça agréable. J'aime beaucoup parler avec vous. Mais si vous ne voulez pas, ça va aussi. Car je pense en avoir fini avec mon affaire, d'un point de vue, disons, purement administratif, enfin je ne sais pas comment appeler ça. Vous n'avez qu'à raccrocher et aller vous coucher. Je ne vous en voudrai pas."

Elle ne disait mot. Mais ne raccrochait pas.

Je me suis couché dans le canapé et j'ai rappuyé le téléphone contre l'oreille habituelle.

"Ce film, *Le Pont*, ai-je commencé. Tout à la fin. C'est tellement bien. Ils se voient au café. Ou plutôt…"

Je n'étais pas sûr d'être vraiment capable de restituer cette scène, mais quelque chose dans l'ambiance, chacun écoutant le silence de l'autre, a fait que je me suis lancé.

"Ce sont d'anciens amants… mais ils ne se sont pas vus depuis plusieurs années, toute la guerre. Mais voilà, soudain, un beau jour… Elle est là, dans ce café, et il passe devant par hasard. Il y a quelque chose, ils vont au tribunal, je crois… Ils ne doivent pas montrer qu'ils se connaissent. L'atmosphère est délétère. Aucun n'ose parler. Ils sont sur le point d'entrer en salle d'audience. Ils appartiennent aux parties opposées. Elle est là avec des membres de sa famille accusés… Il est là pour témoigner contre son frère ou son oncle, je ne sais plus. Il l'aperçoit sur la place devant le tribunal. Et donc, ils ne se sont pas vus depuis… non, d'ailleurs, je ne sais plus. Je ne me rappelle pas bien le reste du film. Ça fait un certain temps en tout cas. Assez longtemps. Plusieurs années. Ils sont là. Lui debout. Elle assise. C'est ça. À une table de café. Soudain ils se voient. Ils se regardent. Aucun ne dit quoi que ce soit. Aucun ne fait grand-chose, d'ailleurs. Ce n'est pas un grand jeu d'acteurs, au contraire : il ne se passe presque rien. Et pourtant ça contient tant de choses. C'est vraiment l'exemple type de la scène de film réussie. Vue hors de son contexte, vous n'y comprendriez rien. Vous verriez juste deux personnes qui se dévisagent. Et même pas. Parce qu'ils ne font vraiment pas grand-chose. Ils se voient et se reconnaissent. Je crois qu'à un moment il regarde sa montre. Il constate qu'il a tout son temps avant le début du procès. Il décide de s'asseoir sur la chaise libre à la même table. Et là, vous savez, une actrice médiocre aurait pu en faire des tonnes pour essayer de montrer l'ancienne passion, l'inquiétude, l'angoisse ou l'excitation, le chagrin, n'importe quoi. Mais non. Elle reste impassible. Et pourtant, nous savons exactement ce qu'elle ressent. C'est justement pour ça qu'on le sait. Ils restent là un long moment de part et d'autre de la table, côte à côte, tous deux tournés vers l'extérieur. Ils regardent les gens passer dans la rue. À intervalles réguliers, elle soulève sa tasse de thé ou de café, je ne sais pas. Il appuie son bras sur la table. À plat. Il tient un paquet de cigarettes, de temps en temps il le fait tourner comme une toupie, le pose à la verticale puis recommence. À un moment, le serveur passe prendre une commande, puis un type arrive pour parler avec elle. Quelqu'un de sa famille. On n'entend pas ce qu'il dit parce que la musique couvre tout, mais c'est probablement qu'il est temps de se diriger vers le tribunal, ou quelque chose comme ça. Là aussi, un acteur médiocre aurait pu tout gâcher en surjouant l'inquiétude, l'angoisse, etc. Mais non, il reste tout simplement assis là.

Quand l'autre homme est reparti, ils restent encore là un moment, toujours tournés vers l'extérieur. Lui, le bras sur la table, le paquet de cigarettes à la main. Elle, en face avec sa tasse de café. Soudain, il lâche son paquet de cigarettes et déplace sa main de quelques centimètres vers elle. Aucun des deux ne dit mot. Ils semblent complètement absorbés par le spectacle de la rue. Peu à peu, elle approche sa main et, un instant, leurs deux mains se frôlent, dos à dos. Un des doigts de la femme tremble. Il respire. Elle effleure son petit doigt avec le sien. C'est tout. Mais c'est joliment fait. C'est sensuel. Putain, j'en ai la chair de poule rien qu'à raconter la scène."

Maud a ri à l'autre bout du fil.

"Ça a l'air très bien.

— Mais c'est très bien. Putain, c'est chouette."

Elle a ri à nouveau.

Nous avons continué à parler jusqu'au petit matin. Déjà le soleil se hissait par-dessus les toits pour darder ses premiers rayons dans l'appartement. Les oiseaux gazouillaient et Maud m'a davantage parlé de son travail. M'a révélé qu'elle espérait un poste dans la commission de répartition, en phase deux, quand tout l'argent serait redistribué. J'ai compris que son objectif depuis le début était d'intégrer ce service, qu'au fond c'était sa motivation. Il m'a fallu écouter de longues descriptions des méthodes d'ajustement qui seraient mises en œuvre, et essayer de rebondir avec les questions les plus intéressantes possibles.

Nous avons joué à un quiz avec moi pour sujet : Maud s'y est montrée incroyablement douée, mais je crois qu'elle trichait, en vérifiant de temps en temps dans ses papiers, même si elle m'a assuré s'être mise au lit sans ses dossiers.

"Ça faisait longtemps, a-t-elle ri. Mais c'est la vérité.

— Bien !"

Nous avons un peu parlé de Roger, et Maud s'est demandé si c'était un copain si sympa que ça, et j'ai dû lui expliquer qu'il avait vraiment ses bons côtés, même si on avait du mal à les voir au premier abord.

À un moment, au petit matin, je lui ai demandé si je ne pouvais pas avoir directement son numéro de portable, pour éviter d'avoir à passer par le standard, mais elle m'a dit que c'était contraire aux règles, qu'on n'avait pas le droit de donner de numéro privé.

"Ils sont très stricts", a-t-elle dit.

Peu à peu, les gens du matin ont commencé à sortir dans la rue. Je les entendais marcher à pas rapides. Les camions de nettoyage ont fait leur ronde et il s'est mis à faire de plus en plus chaud dans l'appartement tandis que nous continuions à bavarder à bâtons rompus. Nous discutions, riions, nous disputions gentiment, nous taisions, pendus au bout du fil en attendant que l'autre parle comme je pensais que seuls les ados le faisaient, et je sentais mon esprit s'embrumer. La conversation devenait de plus en plus fragmentaire. Mes émotions sautaient du coq à l'âne. Je riais et pleurais. Me taisais et écoutais. Parfois raisonnais calmement et me lançais dans de longs monologues teintés de philosophie. Ici ou là, je perdais le fil et m'interrompais au beau milieu d'une phrase. Maud semblait de plus en plus d'humeur à pouffer. C'était drôle de l'entendre ainsi. De temps en temps, je m'inquiétais pour elle, comment allait-elle réussir à travailler toute la journée sans avoir dormi de la nuit ? Mais je n'abordais pas le sujet, car cela risquait de l'amener à raccrocher, et je ne voulais pas. Et puis, elle était adulte. Et elle avait peut-être des horaires flexibles, qu'en savais-je ? Tout portait à croire qu'elle était parfaitement capable de se prendre en main. Nettement mieux que moi, en tout cas.

Je me suis peut-être endormi par terre une microseconde. Maud aussi, peut-être ? C'était une fatigue agréable : une torpeur, presque une ivresse. De temps à autre je tentais de reprendre mes esprits et, quand Maud a fini par évoquer le fait qu'il serait malgré tout temps d'aller se coucher, je me suis mis en tête de résumer ce que je voulais dire depuis le début.

"Euh, qu'est-ce que je veux dire, ai-je commencé avec un grand bâillement. Voyons voir… Vous ne croyez quand même pas qu'il serait possible de… n'est-ce pas qu'on devrait pouvoir corriger mon indice BV, là?"

J'ai à peine eu la force d'aller jusqu'au bout de la phrase, et Maud s'est contentée de ricaner.

"Hum… vous voulez dire de le modifier?

— Oui?

— En me basant sur ce que vous m'avez raconté cette nuit?

— Oui?

— Hum… Non, je suis désolée."

Nous nous sommes tus un moment et, à la fin, je me suis senti obligé de rire moi aussi. C'était juste trop. Je me suis retourné et j'ai atterri comme effondré sur le flanc, le téléphone coincé entre la joue et le parquet.

"Enfin merde, ai-je soupiré. Je ne sais pas… Bien sûr, je n'ai peut-être pas eu une vie aussi pourrie que ça, après tout.

— Ah non?"

Elle semblait à présent amusée et intéressée.

"Bah! Je veux dire, ça dépend complètement de ce à quoi on s'attend.

— Ça, ça me plaît", a-t-elle dit.

J'ai soupiré.

"Oui, mais pour 10 millions de couronnes! Allez, il doit bien y avoir moyen d'avoir un peu de…"

Je me suis relevé, accroupi, pour regarder par la fenêtre et, à nouveau, j'ai vu la plante en pot sur le balcon du voisin. Elle était presque méconnaissable. Ses feuilles pendaient sur les bords du pot au milieu duquel dépassait quelque chose de brun. J'ai rempli un verre d'eau à la cuisine dont j'ai tenté de l'arroser à la volée. La majeure partie est tombée à côté et je ne savais pas trop si c'était utile ou ne faisait qu'empirer la situation de cette pauvre plante.

Je me suis recouché par terre, j'ai inspiré profondément une ou deux fois et j'ai senti monter une nouvelle crise de larmes.

"Et là, je pense à Sunita. Quelle incroyable tristesse…

— Sunita? a dit Maud.

— Oui, c'était il y a longtemps, mais maintenant je n'arrête pas d'y penser. Ça me mine, quoi…"

Instinctivement, j'ai porté la main à mon cœur. Comme si elle pouvait me voir. Comme si ce geste pouvait renforcer ma sensation de douleur.

"Sunita?

— Oui.

— Qui est Sunita? a dit Maud sur un ton tout nouveau à mes oreilles.

— Sunita. Enfin, le grand amour de ma vie. Nous aurions pu…"

Maud m'a coupé.

"Attendez. Nous n'avons aucune information sur…

— Quoi?"

J'ai roulé sur le ventre en m'appuyant sur les coudes. À l'autre bout du fil, j'ai entendu qu'elle se levait et allait taper sur son ordinateur.

"Je ne trouve pas de Sunita."

Je me suis mis à genoux. Je me suis frotté les yeux en essayant de clarifier mes idées.

"Vraiment? Vous voulez dire que vous avez raté Sunita?"

Je me suis levé, le corps ankylosé. Chacun de mes pas était comme au ralenti. Pourtant, j'ai soudain senti une lueur d'espoir. Avaient-ils vraiment raté Sunita? Était-il possible qu'ils n'aient pas comptabilisé ce qui était peut-être la plus grande douleur de ma vie? Peut-être alors avaient-ils commis encore d'autres erreurs?

"Elle m'a brisé le cœur, bordel, ai-je continué de ma voix la plus plaintive. Ça a influencé toute ma vie. Il ne se passe pas un jour sans que… Enfin… Vous n'avez pas pris ça en compte?"

J'ai entendu Maud respirer plus vite et cliquer parmi ses fichiers.

"Euh… à première vue, non.

— Oh là là, pas étonnant que l'addition soit salée.

— Ça remonte à quand?"

Je me suis demandé si elle écrivait sur son ordinateur. S'était-elle connectée depuis son lit? Ou bien alors elle prenait des notes à l'ancienne, avec stylo et papier?

"De 1998 à… 2000. Le 5 janvier à quinze heures vingt-cinq. Enfin, nous nous sommes rencontrés pour la première fois en 1997, mais nous n'avons commencé à sortir ensemble qu'au printemps 1998. Mais enfin, attendez, un truc comme ça, vous devez forcément pouvoir le prendre en compte après coup?"

Elle a bougé à l'autre bout du fil.

"Et vous êtes certain que vous n'êtes pas en train de mélanger ça avec un film que vous avez vu?

— Vous plaisantez? C'est la plus grande tragédie de ma vie."

Elle a recommencé à taper sur son ordinateur.

"Vous devez comptabiliser ça!" ai-je dit.

Je faisais les cent pas.

"Ça pourrait bien… Oh là là!" ai-je dit.

Elle respirait bruyamment. J'ai entendu que cette fois, c'était sérieux.

"Bon. Je crois que le mieux est que vous reveniez nous voir."

19

La deuxième fois, à WRD, un homme est venu m'accueillir dans le vaste hall d'entrée. Tout le monde semblait très embarrassé de l'erreur concernant Sunita. On m'a assuré qu'une enquête interne approfondie serait diligentée, et fait comprendre qu'une chose pareille était extrêmement inhabituelle, et que c'était probablement dû au fait qu'elle était ressortissante d'un pays étranger et que notre liaison n'avait été enregistrée nulle part et avait de plus été tenue secrète pour la famille et les amis. Que la liaison avec le bureau sud-est asiatique n'était pas sans anicroche et que les procédures devraient sans doute être revues. C'était depuis longtemps un point noir, d'après eux.

En sortant de l'ascenseur, à la réception de l'étage onze, j'ai été accueilli par une femme mûre vêtue d'un tailleur moulant qui, cependant, lui donnait une allure presque juvénile. Elle souriait et tremblotait un peu de la tête en parlant. Un petit foulard noué autour du cou, presque comme une hôtesse de l'air. Elle m'a remercié pour ma coopération et m'a promis une compensation pour ma perte de temps de travail. Je ne lui ai pas dit que j'avais juste échangé avec Tomas qui, de toute façon, grappillait tous les jours supplémentaires possibles pour pouvoir partir en vacances à Torremolinos. Ça ne posait aucun problème. Si je voulais, il pouvait aussi me remplacer le lendemain.

La femme au foulard m'a mis entre les mains une épaisse liasse de formulaires en me disant qu'il fallait que je les remplisse avant la réunion. Elle m'a conduit à travers les bureaux jusqu'à une nouvelle petite pièce vitrée à l'autre bout de l'étage. Dans un coin, une plante qui m'a semblé en plastique. Elle m'a proposé un fauteuil et m'a demandé si je voulais quelque chose à boire pendant que je remplissais les formulaires.

"Je ne sais pas, moi. Un peu d'eau?

— Avec ou sans bulles?

— Euh… avec."

Je me suis assis à la place indiquée et j'ai commencé à remplir les formulaires.

Les questions se concentraient sur les années 1997-2000. Je me suis efforcé de répondre cette fois conformément à la vérité, sans exagérer.

Au bout d'un moment, la femme est revenue avec une bouteille d'eau minérale, un verre et un sous-verre. Elle a posé le tout un peu à l'écart de mes papiers.

"Un instant, je reviens avec un décapsuleur."

J'ai remercié, et continué à répondre de mon mieux aux questions.

Il s'est mis à faire assez chaud dans cette petite pièce quand le soleil est entré, et je me suis permis d'enlever ma veste et mon pull pour me retrouver juste en tee-shirt. À plusieurs reprises, j'ai essayé de m'assurer qu'il ne sentait pas la sueur. C'était beaucoup plus silencieux cette fois que dans la précédente salle de réunion – sans doute au détriment de la ventilation. De temps en temps, je relevais la tête pour tenter d'apercevoir Maud, puis je me suis souvenu qu'elle travaillait au deuxième étage, et puis, de toute façon, je ne savais pas de quoi elle avait l'air. Même si j'imaginais qu'il me suffirait de la voir pour la reconnaître.

La femme au foulard était restée dans les parages après avoir apporté le décapsuleur. Dès que j'avais terminé une liasse, elle venait la récupérer. Sinon, elle restait à l'extérieur de ma cage. À un moment, Georg s'est pointé et a échangé quelques phrases avec elle. Ils ont tous les deux regardé dans ma direction, j'ai salué de la tête, mais il n'a pas fait mine de me répondre.

Après environ une heure dans cette pièce étouffante, j'ai commencé à en avoir assez. Les questions étaient du type : décrivez une période donnée. Que s'est-il passé d'abord ? Et sur ce, qu'avez-vous fait ? Le tout avec des numéros : 1, 2, 3, etc. Puis différentes échelles où il fallait se situer. Des cercles ou des demi-lunes dans lesquels je devais tirer un trait à l'endroit adéquat. Tout se ramifiait sans cesse dans les détails. Vers des événements toujours plus périphériques. Ça a fini par me faire tourner la tête, et je ne savais plus si ce que je décrivais était la vérité ou juste le fruit de mon imagination. Dans tout ça, qu'était-il vraiment arrivé, qu'avais-je reconstruit après coup?

Je m'efforçais de me rappeler autant d'échecs que possible. J'essayais de mettre l'accent sur tout ce qui concernait la douleur et la souffrance.

Il s'agissait surtout de ma relation avec Sunita, mais j'ai aussi réussi à caser quelques-unes de nos tentatives ratées de drague, à Roger et moi.

Roger revenait souvent sur cette "soirée de malheur", voilà des années de cela, où nous avions rencontré Linda et Nicole. Pour lui, ce n'était qu'une preuve de plus de toutes les déconvenues de sa vie mais, pour ma part, je n'étais pas certain qu'il faille seulement en retenir le côté négatif. Nous étions dans un bar, et avions aperçu deux jolies filles, quelques tables plus loin. Nous avions tous les deux des vues sur la grande blonde au sourire tellement craquant, qui s'était bientôt avérée se prénommer Linda. Lors de notre discussion tactique, Roger avait argumenté qu'il fallait qu'il prenne la grande blonde – notre favorite à tous les deux – parce que, comme il le disait : pour une fois, il méritait quand même de réussir. Je pouvais l'épauler,

d'après lui, en m'occupant de la brune à cas-
quette, et en lui glissant à l'occasion un bon
mot à son sujet, qu'elle pourrait avec un peu de
chance répéter à sa copine.

Je lui avais fait remarquer qu'il était peut-être
difficile de décider ce genre de chose à l'avance,
puisque nous ne connaissions pas encore leur
point de vue sur la question et que nous devrions
déjà nous estimer heureux qu'elles veuillent bien
parler avec nous. Roger m'avait alors accusé
de chercher à le doubler et, finalement, j'avais
accepté de faire mon possible pour lui arranger
le coup avec la grande blonde.

Après quelques bières, nous avions osé nous
approcher de leur table et, heureusement, elles
nous avaient invités à nous asseoir. Je m'en étais
tenu à notre accord et j'avais surtout parlé avec
Nicole – très rigolote, travaillant dans la BD –
tandis que Roger et Linda disparaissaient de
leur côté. Somme toute, nous avions passé une
soirée agréable. Quelques jours plus tard, nous
commencions à sortir avec notre amie respective.

Nicole me plaisait de plus en plus. Elle m'avait
tout appris sur le dessin et la BD. Elle était très
engagée dans la défense de l'environnement et
des droits des animaux. Végane, elle mangeait
des steaks de soja et de l'ersatz de poulet, mais
ne faisait pas toujours assez attention. Parfois,
au milieu d'un paquet de bonbons, il lui arrivait de s'aviser qu'ils contenaient de la gélatine.
Elle vérifiait la composition sur le paquet et allait

tout recracher aux toilettes. J'aimais bien ces après-midi et ces soirées que je passais chez elle à traîner sur son canapé en lui parlant, tandis qu'elle dessinait. Parfois elle me répondait. Parfois non. Parfois, elle se lançait dans de longues harangues sarcastiques sur la société, les Suédois et les hommes en général. Ses BD n'étaient pas spécialement jolies, ni même seulement compréhensibles, à la limite de l'abstraction, mais réalisées avec passion et soin. Je les aimais. Nous nous sommes bientôt mis ensemble, et cela a duré au moins un mois.

Roger a lui aussi entamé une histoire avec Linda mais, assez vite, j'ai commencé à recevoir des rapports sur ses défauts. Elle parlait trop, riait trop fort, consacrait trop de temps à son apparence. Elle s'intéressait beaucoup trop à son passé. Elle lui "tirait les vers du nez". Voulait savoir tout ce qu'il pensait, ressentait, sur tout et n'importe quoi. Elle voulait aussi souvent sortir, et faire plein de trucs sympas le soir, qui s'avéraient rarement aussi sympas que ça, mais qui coûtaient quand même un max. Et quand – après que Roger, sur mon conseil d'ailleurs, lui eut expliqué qu'il se sentait mal à l'aise avec toutes ces activités coûteuses et lui eut demandé s'ils ne pourraient pas plutôt rester faire des choses à la maison – elle avait fini par lancer l'idée d'essayer des pratiques sexuelles plus excitantes et expérimentales, il avait rompu.

Il avait débarqué chez Nicole et moi pour se plaindre. Assis sur le canapé, il avait ressassé toutes les injustices du monde.

"La tarée était forcément pour moi! Mais c'est typique! Tu as de la chance, comme d'habitude", m'avait-il dit en lorgnant Nicole à sa table de dessin.

Pour charger encore sa barque, il ajoutait combien il était problématique et pénible de devoir expliquer à Linda que les sprays de chantilly et les bandeaux sur les yeux, ça n'était pas son truc, puis malgré tout de réussir à rompre avec dignité. Chose qui, insinuait-il, m'avait été épargnée, puisque c'était Nicole qui, quelques jours plus tard, avait rompu avec moi.

Après avoir décrit un certain nombre de périodes à l'aide d'une sorte de carte du corps sur laquelle il fallait indiquer où l'on situait le ressenti de tel ou tel événement, j'ai dû compléter une quantité de formulaires avec des questions préremplies, où il s'agissait de classer dans l'ordre diverses choses qui m'étaient arrivées. Là encore, ils commençaient large pour descendre peu à peu dans les détails.

Sans doute ai-je tout tiré dans un certain sens. Peut-être ai-je répondu de façon un peu plus négative que je ne l'aurais fait en d'autres circonstances.

Dans la colonne *Comp. soc./Form. cont.*, j'ai par exemple coché plusieurs cases qui concernaient l'exclusion, les brimades et les difficultés à s'intégrer dans un groupe.

Sous les rubriques *Comp. soc./Rel. Préc./Liais. juv./Init. sex.*, j'en ai profité pour cocher autant de manque de confiance en soi et de trac que je pouvais. Ils avaient certainement tout vérifié à ce sujet dans le moindre détail, mais on ne savait jamais, toute mon histoire avec Sunita leur avait bien échappé. Et puis je me suis dit que ça ne gâcherait rien de compléter avec quelques soucis de capote et de dents qui se chevauchent.

Sous *V. prof./Préc. empl.*, j'ai coché plusieurs cases concernant un emploi du temps irrégulier, des mauvaises conditions de travail et des heures supplémentaires non payées.

Arrivé à peu près à la moitié de la liasse, j'ai entrebâillé la porte pour demander une autre bouteille d'eau, mais la femme au foulard s'est contentée de secouer la tête. Comme si on lui avait dit de ne pas quitter son poste, de monter la garde devant la cage de verre. J'ai alors pris le reste des questions à bras-le-corps et j'ai rendu la liasse remplie alors que l'heure du déjeuner était depuis longtemps passée.

"Je peux y aller? ai-je alors demandé.

— Non, a-t-elle dit, comme un peu vexée. Vous allez venir avec moi."

Elle m'a précédé jusqu'à l'accueil, où elle a déposé mes papiers. Je me suis assis dans le même fauteuil que la fois précédente, et la femme au foulard, de l'autre côté, près de l'ascenseur. Quelques instants plus tard, Georg est sorti de sa porte en verre dépoli. Il est allé prendre ma pile de papiers à l'accueil puis a disparu à nouveau dans sa pièce secrète. La femme et moi sommes restés là.

Pendant deux heures, elle a attendu près de l'ascenseur tandis que je tentais de trouver une position confortable dans le fauteuil étroit. Je m'y suis étalé comme je pouvais, mais on voyait bien qu'il n'était pas fait pour une assise prolongée. Je me sentais fatigué, en sueur et la tête un peu vide après tous ces formulaires. Des affiches au mur à côté de l'ascenseur et diverses brochures d'information sur la table basse devant moi provenaient de la campagne que j'avais visiblement manquée. *C'est l'heure de payer – avez-vous vérifié votre indice BV ?*, *Recevoir ou donner ?*, *On égalise !* en grosses lettres bleues un peu penchées au-dessus de photos multicolores d'enfants et d'adultes. Dans plusieurs langues différentes, à tout hasard. En les regardant de plus près, je réalisais à présent que j'avais dû apercevoir ces annonces quelque part chez moi, dans ma poubelle de recyclage, sans jamais imaginer être moi aussi concerné. Ça ressemblait à s'y méprendre aux habituelles publicités auxquelles je ne prêtais le plus souvent pas la moindre attention. J'ai pris une des brochures pour la feuilleter un peu. On y trouvait un bref historique et un exposé de la grande convention internationale. Des hommes d'influence et des dirigeants de divers secteurs de la société y étaient cités en courtes phrases coup-de-poing.

Venait ensuite une description de la phase deux : mise en œuvre des méthodes d'ajustement. Quand et comment les personnes dans le négatif recevraient leur compensation. Vers la fin était indiqué un contact pour ceux qui souhaitaient se plaindre ou se considéraient victimes d'une injustice.

De temps à autre, pendant que je lisais, des gens venaient se renseigner à la réception. Certains avaient à peu près les mêmes questions que moi. Certains arrivaient avec des propositions de règlement plus concrètes, certains en colère. Une partie venait supplier, d'autres juraient en gesticulant. Je me suis demandé si mon montant était plus haut ou plus bas que la moyenne.

À plusieurs reprises, j'ai été sur le point de m'assoupir et, une fois, j'ai été réveillé par une voix qui me semblait connue. Au bout d'un moment, j'ai vu que c'était la fille aux colliers rencontrée dans l'ascenseur de mon immeuble, dont j'avais écouté l'autre jour la conversation téléphonique, et qui pérorait à présent à l'accueil. En parlant à la réceptionniste, elle avait une attitude mûre pour son âge. Elle déposait des papiers, des certificats de prêts et présentait l'échéancier qu'elle avait elle-même établi pour ses paiements. Je ne pouvais m'empêcher d'être impressionné par son entregent et sa prévoyance. Je réalisais quelle avance ce genre de personnes avaient d'emblée dans la société. Elle épargnait sûrement pour sa retraite, comparait les compagnies d'électricité, avait bien sûr déjà inscrit sur les listes d'attente des meilleures écoles ses enfants nés ou à naître. Et elle était évidemment venue aujourd'hui pour minimiser son taux d'intérêt. Un instant, j'ai été un peu jaloux et j'ai regretté de ne pas être davantage comme elle, qui se prenait en main et s'organisait. Je ne me serais jamais retrouvé dans une telle situation. Désormais, je plaçais tout mon espoir dans mon histoire avec Sunita.

Finalement, la femme au nom de banque est arrivée.

"Bonjour ! Bon, nous nous connaissons déjà", a-t-elle commencé, et je me suis dit que le moment était mal choisi pour lui redemander son nom, aussi n'ai-je pas trouvé moyen de le connaître cette fois-là non plus.

Elle portait un tailleur lilas à la coupe aussi stricte que la fois précédente mais égayé aujourd'hui d'une assez grosse fleur violette sur son corsage. Elle serrait un classeur contre sa poitrine et m'a fait entrer dans la grande salle de réunion. Elle m'a prié de m'asseoir. La femme au foulard est restée dehors.

Georg est entré un bref moment plus tard, cette fois accompagné d'un homme d'un certain âge, sourcils broussailleux et menton fendu. Ils se sont assis, formant un petit groupe de l'autre côté de la table, et la femme au nom de banque s'est lancée dans un rapide résumé de la situation à l'intention du nouvel arrivant. Georg l'interrompait ici et là pour donner des précisions. Ils se coupaient parfois presque la parole. À force, je connaissais la plupart de leurs termes techniques.

"Indice BV maximal…

— Hautes valeurs en euphorie, harmonie, chagrin et douleur, mélancolie…

— Sensibilité ?

— Maximale, d'après ce que nous voyons. Mais sans rémanence et donc… enfin oui, vous comprenez. Ce qui fait du coup flamber l'indice BV."

La banquière a brandi une courbe que les deux autres ont examinée de près.

"Ça alors, mais c'est carton plein, a dit l'homme aux sourcils.

— Bien sûr, je n'ai ici que des cinq…"

Ils se sont penchés sur un autre papier.

"Et la courbe des échecs ?

— Latente, a-t-elle dit.

— Il n'a par exemple encaissé que des humiliations qui donnent un prix à la vie, a dit Georg. Uniquement des échecs qui forgent le caractère. Conformément à l'échelle. Pas un seul écart par rapport au modèle de progression. On croirait un exemple tiré d'un livre de développement personnel.

— Des infections qui surviennent au moment précis où elles causent le moins de complications possible, avec les symptômes les plus bénins qui soient, tout en provoquant une augmentation maximale des défenses immunitaires. Regardez là, comme ça monte en flèche…"

Ils ont encore baissé la voix, et je n'entendais plus que des fragments de leur conversation, car ils s'efforçaient de chuchoter entre eux. Parfois, ils se cachaient la bouche derrière la main.

"… jouissance à un niveau absurdement élevé… Avec en plus accès total à ses sentiments. Et d'après notre informateur, le sujet a tendance à oublier les façons simples de se faciliter l'existence. Lorsqu'il s'en avise, sa dose de BV est doublée.

— Et aujourd'hui, a dit la femme au nom de banque en ouvrant un nouveau dossier, une mise à jour fait état d'une relation jusqu'alors non prise en compte. Avec une certaine Sunita.

— Regardez ça, a dit Georg en désignant du stylo le nouveau dossier. Après Sunita, pas une seule fausse note."

Il a continué à feuilleter et a montré un autre endroit.

"Là… sans fausse note."

Les autres ont opiné du chef.

"Excusez-moi…"

Ils ont tous les trois regardé dans ma direction, l'air effrayé. Comme s'ils avaient oublié que j'étais là, ou que je savais parler.

"Je croyais que je verrais Maud", ai-je continué.

L'homme aux sourcils a regardé d'un air interloqué la femme au nom de banque.

"Maud? Qui est cette Maud?

— Maud Andersson, a-t-elle répondu. Elle travaille apparemment au niveau deux. Il a déclaré ici… – elle a tourné une nouvelle page –, il a déclaré qu'il trouve « qu'elle fait un excellent travail »."

Les sourcils m'ont soudain regardé de travers, avec inquiétude.

"Ah bon, a-t-il fait en secouant la tête vers moi. Non. Non, non, ce sera nous trois."

Il a mis une main devant sa bouche tout en continuant à feuilleter avec l'autre.

"La raison? a-t-il marmonné à la femme au nom de banque.

— Intacte.

— Et là encore, a dit Georg, toujours plongé dans le dossier. Regardez ça, sans fausse note…"

Tandis que je les observais, mon attention s'est arrêtée sur la conformation du nouveau venu. L'homme au menton fendu avait un corps mal proportionné. Tout d'abord, je ne suis pas parvenu à cerner ce que c'était, mais, au bout d'un moment, j'ai compris que ses jambes étaient beaucoup trop courtes. Ce qui lui faisait une taille extrêmement basse. L'ensemble tombait juste : il avait une hauteur à peu près normale mais, en y songeant, je voyais que seul le haut du corps y contribuait. C'était assez drôle de les voir alignés tous les trois.

La femme au nom de banque a montré un autre diagramme. Georg s'est démanché le cou.

"Impossible de continuer à lui accorder la prolongation d'accès dans la situation actuelle…

— Non, a chuchoté l'homme-tronc, il a dépassé le plafond d'endettement, et nous devons lui appliquer un 6:3…"

Les autres ont réagi violemment.

"Un 6:3?!"

L'un d'eux a sorti encore un document. Toute cette petite réunion se déplaçait peu à peu vers l'intérieur de la pièce, se dispersant sur la table. Ils passaient lentement d'une station à l'autre en continuant leur conversation.

"Il ne peut pas non plus prétendre à une diminution, a-t-elle dit. En effet, il n'a en principe jamais eu aucun frais de…"

Elle s'est tue un instant. Comme si elle avait perdu le fil.

Comme à un signal donné, ils se sont tous les trois tournés vers moi. Étonnés.

J'ai compris que j'étais un cas spécial. Georg a rompu le silence.

"Mais, a-t-il lentement commencé, si j'ai bien compris, la solvabilité est quasi nulle ?"

Le nom de banque et Georg se sont jetés de concert sur leurs calculettes.

L'homme aux sourcils broussailleux et aux jambes courtes avait gardé les yeux sur moi. Il s'est penché lentement au-dessus de la table et m'a tendu la main, comme s'il s'avisait seulement maintenant de me saluer. J'ai pris sa main et il a serré la mienne, tout en continuant à parler aux deux autres.

"A-t-on procédé à l'inventaire du domicile?" a-t-il demandé, sans me quitter du regard. Comme si le fait de me saluer avait lieu dans un monde parallèle.

La femme au nom de banque et Georg ont secoué la tête. L'homme aux sourcils leur a répondu tout bas d'un *hum*.

"Veillez à ce que ce soit fait au plus vite."

Il s'est à nouveau calé au fond de son siège.

"Voyez-vous, monsieur…" a-t-il dit en cherchant dans ses papiers jusqu'à trouver mon nom.

Mais comme s'il trouvait soudain qu'il était trop tard pour être personnel, il s'est abstenu de le prononcer. Il a juste un peu hoché la tête, comme s'il se contentait de savoir comment je m'appelais.

"Votre dette vient d'être majorée à 149 500 000 couronnes."

20

Les hommes sont arrivés tôt le lendemain. J'ai ouvert et les ai fait entrer juste après sept heures et demie. Ils étaient grands et taciturnes. Précautionneux et précis. Ils travaillaient efficacement et presque sans échanger un seul mot. Ils ont passé en revue mes biens avec rapidité et méthode, à peu près comme des douaniers. Une femme portant le même uniforme a passé en revue mes vêtements et enregistré mes articles de salle de bains. Je me suis efforcé de les aider, mais j'ai vite vu qu'ils se débrouillaient mieux tout seuls.

Pour chaque objet, ils griffonnaient quelque chose dans un bloc-notes. Ils ont ouvert mes tiroirs de cuisine, mes placards. Inspecté mes tableaux et mes photos. Tourné mes instruments dans tous les sens. Noté. Pour certaines choses, c'était à la louche. Un des types s'est par exemple contenté de sortir deux de mes vinyles. Et pas les plus précieux. Personne n'a vu par exemple mon Jimmy Smith – *Softly As a Summer Breeze*, sans rayures, pressage original. Celui qui les regardait s'est contenté de secouer la tête en notant quelque chose.

Au bout d'une heure, ils avaient fini. L'un d'eux m'a mis dans les mains un formulaire intitulé "Personne proche à prévenir", qu'il m'a dit de remplir. Ils ont pris congé et sont partis.

Je me suis assis par terre et j'ai regardé mes affaires. Eux partis, tous ces trucs me semblaient encore plus sans valeur.

Il faisait une chaleur oppressante dans l'appartement. L'air collait au corps. Comme un casque à même le cerveau. La respiration était pénible, comme dans un sauna, et ouvrir plus grand la fenêtre n'y a rien changé. Dehors, l'air étouffant était absolument immobile. Les hirondelles volaient bas. J'ai regardé le papier que je tenais à la main en me demandant qui indiquer comme personne proche à prévenir. Jörgen ? Roger ? J'ai fini par inscrire le nom et l'adresse de ma frangine.

J'ai fait les cent pas dans le séjour surchauffé en essayant de mettre de l'ordre dans mes idées. Avais-je mal présenté la chose ? Qu'est-ce qui m'avait échappé ? Pouvait-on vraiment dire, comme ils le faisaient à WRD, que j'avais tiré le meilleur de ma liaison avec Sunita ? Bien sûr, notre relation battait déjà un peu de l'aile quand nous nous sommes séparés. Nous ne partagions aucun autre intérêt que le cinéma et, assez vite, nous nous étions retrouvés en désaccord sur à peu près tout. Elle avait la vision du monde d'une enfant gâtée, incapable de se débrouiller toute seule. Son manque d'intérêt pour les autres cultures était choquant et, lors d'une de nos disputes, elle m'avait plus ou moins fait comprendre que je n'avais aucune importance. Que ce qui se passait entre nous n'était qu'une parenthèse, quelque chose qui ne comptait pas et qui, quels que soient ses sentiments présents, n'aurait aucune incidence sur son avenir. Comme si tout cet épisode, moi, le cinéma, ses études, notre culture, n'était qu'un long rêve. Bientôt, elle retournerait dans la réalité. Elle était la princesse de son papa et, quand je lui avais un jour fait remarquer que pas une seule fois il ne s'était montré ni manifesté depuis des années, cela avait suffi à figer son regard et à briser le charme entre nous.

Naturellement, ce n'était plus non plus très gai, l'hiver, de se geler en attendant dehors à la sortie de diverses réceptions un signe qui viendrait peut-être ou peut-être pas. Les derniers temps, elle semblait presque un peu lassée, comme si elle trouvait que ça suffisait. Nous avions bien compris tous les deux que ça ne pouvait plus durer encore bien longtemps, mais le fait de se séparer si brusquement avait rendu tout ça infiniment triste. Et la douleur. *La douleur*. Je la ressentais encore, là, tandis que je suais en va-et-vient entre la fenêtre et la table du salon.

Dès que j'ai eu repris mes esprits, j'ai rappelé Maud. Je n'ai d'abord pas réussi à la joindre. Ils m'ont dit qu'elle était occupée par une autre affaire et avait pour cette raison basculé son numéro vers le standard. Désirais-je laisser un message ?

J'ai dit qu'il fallait que je lui parle en personne et que c'était urgent : j'ai sans doute été suffisamment insistant et pénible, voire agressif, car on a fini par me passer son poste.

"Alors quoi ? Vous en avez fini avec moi, c'est ça ?

— Je ne sais pas. Avez-vous d'autres nouvelles sensationnelles à nous communiquer ?"

J'ai crié que c'était invraisemblable, comment faisaient-ils leurs foutus calculs, à la fin ? Mais Maud a gardé son calme en m'opposant que c'était moi qui avais dissimulé des informations.

J'ai prié, supplié et aboyé alternativement. Demandé comment cette histoire avec Sunita pouvait *augmenter* ma dette alors que ce devrait être le contraire. Pour la première fois, elle semblait tendue et un peu nerveuse. J'ai compris qu'elle était sous pression. Peut-être à cause de ces erreurs de calcul et de ces omissions.

Elle m'a laissé comprendre que je ne devais pas me croire capable de juger de ces choses mieux que les chercheurs, psychiatres et psychologues parmi les plus éminents du pays qui avaient contribué à développer ce modèle de calcul.

Au bout d'un moment, je me suis un peu calmé et senti idiot. Ce n'était bien sûr pas sa faute si j'en étais là.

"C'est vraiment grave ? ai-je alors demandé.

— Oui."

Elle avait beau s'efforcer de maîtriser sa voix, j'entendais bien qu'elle était assez secouée.

"Vous auriez dû me parler de Sunita…

— Mais enfin, j'ai supposé que vous étiez au courant de…"

Elle m'a coupé avant la fin de ma phrase, en s'excusant.

"Oui, bien sûr, c'est notre problème. Je ne comprends pas comment nous avons pu manquer une telle…

— Et maintenant, que va-t-il se passer ?

— Je ne sais pas. Vous êtes à présent enregistré dans la catégorie 6:3, et tout ce que je peux dire, c'est que vous avez dépassé le plafond d'endettement…"

Je me suis levé d'un bond. J'ai agité le formulaire que je tenais à la main. Respiré violemment dans le téléphone.

"Mais… Nous devions régler cette…"

Elle ne m'a pas laissé terminer.

"C'était avant Sunita. Ce que vous nous avez déclaré n'a fait que créditer votre compte.

— Comment est-ce possible ? Enfin, c'est une des pires choses que j'aie vécues…

— D'après vos déclarations, cela a été une période fantastique."

J'ai remarqué que je m'étais remis à crier.

"Jusqu'à ce qu'elle me soit arrachée! Nous avons été forcés… enfin, de nous séparer dans des conditions très… très douloureuses. Comment cela peut-il être comptabilisé comme un bien?"

Elle a repris le dessus.

"Sérieusement! a-t-elle craché. C'est du pur Hollywood! D'après vous, combien de gens…"

Sa voix tremblait presque. Elle s'est tue un instant pour se reprendre, mais a très vite continué:

"D'après vous, combien de gens ont la chance de vivre une chose pareille? Une seule fois dans leur vie? Dans le monde entier?"

Elle a tenté de revenir à un vocabulaire administratif plus froid, mais son ton la trahissait:

"En plus, sans perte de confiance en soi. D'après votre propre estimation, vous avez été capable de prolonger la sensation… pour ainsi dire… même après la fin de la relation physique."

Elle s'est à nouveau échauffée. Elle semblait pour la première fois se fâcher pour de bon. Presque comme si elle me faisait la leçon.

"Et vous vouliez faire croire que ça avait plus ou moins gâché votre vie! Hein? C'est ça? C'était ce que vous vouliez? Votre dernier coup de téléphone, c'était juste pour ça? Et j'ai failli me faire avoir. Vous crevez de bonheur, espèce de pervers!"

Je suis resté un moment sans voix. Puis j'ai marmonné que la méthode de calcul était injuste, qu'il y avait plein d'autres personnes autour de moi qui avaient davantage de succès dans la vie, mais Maud a balayé toutes mes objections.

"C'est pourtant simple. Vous devez quand même comprendre ça? On ne peut pas généraliser… Il s'agit d'une combinaison… Et chez vous, la *combinaison* de ce que vous avez vécu s'avère particulièrement heureuse.

— Mais enfin, et tous les autres, alors?" ai-je crié.

Un instant de silence complet. Comme si elle réfléchissait.

"Vous ne comprenez décidément rien, hein? a-t-elle fini par lâcher.

— Mais quoi?"

D'une voix faible, à présent. Presque chuchotée.

"Les gens sont très malheureux. La plupart vont mal! Ils souffrent. Ils sont pauvres, malades, prennent des médicaments, sont angoissés, ils ont peur, s'inquiètent. Ils sont stressés, pris de panique, ont du chagrin, mauvaise conscience, sont sous pression, ont des problèmes de sommeil et des difficultés à se concentrer, ou bien sont juste las, on les remet en question, ils se sentent injustement traités. Trompés, ratés, coupables, tout ce que vous voulez. La plupart des personnes vivent, au grand maximum, quelques années de relative insouciance pendant leur enfance. Ce n'est souvent que là qu'ils obtiennent leurs points. Après, tout est très sombre."

Elle a soupiré fort dans le téléphone, et je l'ai presque entendue secouer la tête.

"Si seulement vous saviez…"

Je me suis rassis par terre, contre le mur. Elle a inspiré à fond et a continué :

"Vous comprenez, nous considérons la vie plutôt comme une pièce de musique classique. Il ne suffit pas d'aligner le plus de tambours et de trompettes pour gagner. Encore faut-il une bonne composition, sinon ça ne vaut rien…"

J'ai réalisé que je n'avais encore jamais entendu Maud ainsi. Et j'ai eu le temps de me dire qu'il y avait une sorte de confiance, de pure sincérité entre nous, dont il serait sans doute difficile de se déshabituer à présent que notre conversation tirait vers sa fin. Car j'avais beau être indigné par la situation, je ne souhaitais rien de mieux que de rester là, au téléphone, avec elle. Parler de choses et d'autres. Écouter sa voix. Mais je n'ai rien dit : je voyais bien que ce ravissement lui non plus ne plaidait pas en ma faveur, loin de là.

Elle a à nouveau trifouillé ses papiers. Pour la première fois, je l'ai soupçonnée de faire ça pour se donner de l'importance. Peut-être meublait-elle avec ces froissements de papiers les moments où elle ne trouvait pas quoi dire.

"Et à propos... a-t-elle repris au bout d'un moment. Ce film, là, comment s'appelait-il, déjà? Eh bien, je l'ai vu."

Elle s'est tue, sans que je l'entende trifouiller ses papiers.

"*Le Pont?* Vous avez vu *Le Pont*?"

Elle a soupiré. Et à nouveau, cette chaleur rare m'a envahi. Elle s'était donc donné la peine de rechercher un film bosniaque du début des années 2000, juste sur ma recommandation?

"Je l'ai loué. Et cette scène dont vous avez parlé. À cette table de café. C'était, comment dire...

— Vous avez loué *Le Pont*? Comment l'avez-vous trouvé?

— Je l'ai trouvé, c'est tout! s'est-elle énervée. Alors je l'ai regardé. J'ai guetté cette scène, qui a fini par arriver. Mais, je veux dire, ça n'a rien à voir avec tout ce dont vous avez parlé. On voit juste deux personnes assises. Qui prennent un café. Et alors? C'est assez ennuyeux. Un éclairage moche.

— Mais enfin, ai-je commencé, non, je ne trouve pas que...

— Vous ne comprenez pas? Vous êtes le seul à y avoir vu tous ces regards, ces frôlements, tous ces trucs. C'est juste dans votre tête."

Je me suis levé pour gagner la fenêtre.

"Euh, non, je trouve quand même que..."

Elle a continué.

"Mais ça, j'aurais dû le comprendre plus tôt.
C'est tout vous, ça. C'est vous qui pensez découvrir plein de choses qui en fait n'existent pas. Pas
étonnant que vous ayez un indice BV si élevé.

— Mais ils se touchent! ai-je protesté. Vous
les avez forcément vus se toucher!

— Il n'y a qu'une vue d'ensemble. La caméra
est loin. Tout le temps. Il n'y a qu'un seul plan.
On ne voit presque rien.

— Mais enfin, c'est justement *ça* qui est…

— Bon, d'accord, ils mettent leurs bras côte
à côte, mais ça s'arrête là."

J'ai essayé de trouver les mots justes.

"Oui, mais vous comprenez…

— Qu'est-ce qu'on comprend? a-t-elle dit.
Qu'est-ce qu'on comprend?

— Leurs petits doigts se frôlent quand
même…

— Bon, d'accord, mais qu'est-ce qu'on comprend?

— Enfin, on voit que…

— Qu'est-ce qu'on voit? On distingue à
peine leurs mains. Que voulez-vous dire? Une
image granuleuse en noir et blanc, en plan large.
Pour moi, c'était juste un plan interminable où
il ne se passait presque rien.

— Comment pouvez-vous dire ça? C'est
pourtant magique…

— Très difficile à dire à cette distance. S'ils
avaient filmé de plus près, peut-être, mais il n'y
avait qu'un seul plan."

J'aurais tant voulu dire quelque chose, mais je ne parvenais pas à sortir le moindre mot.

"Non! a-t-elle dit, et il m'a vraiment semblé l'entendre secouer la tête. C'est vous seul qui y avez ajouté tout ça.

— Mais toute grande œuvre… ai-je commencé.

— Bien sûr, c'est fantastique que vous soyez capable de tirer tant de sensations de cette scène, mais moi, je la regarde d'un point de vue pratique. Et pour moi, c'est d'un ennui insupportable."

Nous sommes restés un long moment silencieux. Seul le brouhaha de ses collègues s'entendait à l'arrière-plan. Le formulaire "Personne proche à prévenir" s'était ramolli et froissé dans ma main.

"Si seulement je pouvais visionner cette scène avec vous…

— Vous n'aurez rien le temps de visionner, m'a-t-elle dit. Ils sont sans doute déjà en train d'arriver.

— Quoi? Qui ça… ai-je commencé, qu'est-ce qui se passe?"

Elle a inspiré à fond et a essayé de parler à voix basse, sur le ton de la confidence, pour que personne ne l'entende dans son bureau, comme si elle me faisait part de quelque chose que je n'étais pas censé savoir.

"Vous allez incessamment être arrêté par nos collaborateurs…

— Arrêté? ai-je crié.

— Chut! Oui, qu'est-ce que vous croyiez? Il est impossible de continuer à vous accorder une prolongation d'accès dans les circonstances présentes."

J'entendais à présent clairement l'émotion dans sa voix. Malgré ses efforts pour garder un ton professionnel.

"Il n'y a rien que je puisse faire dans l'état actuel des choses…"

J'ai laissé le téléphone glisser lentement le long de ma joue, plonger vers mon épaule et tomber à terre. Je l'ai entendue plusieurs fois appeler mon nom d'en bas.

21

Dehors, des nuages se formaient. De grosses brioches grises comme le plomb roulaient au-dessus des toits. Le soleil s'est peu à peu voilé et, juste après, un éclair a illuminé un instant toute la ville comme un flash photographique. Un craquement assourdissant, et les premières grosses gouttes se sont abattues. Assez vite, la pluie s'est mise à crépiter sur le zinc de la fenêtre et à rebondir sur le parquet. J'aurais dû aller fermer la fenêtre, mais je suis resté comme paralysé, à regarder danser la nuée de gouttes.

Que voulait-elle dire par "arrêter" ? Que signifiait "pas de prolongation d'accès" ? Je me suis vu entravé, comme ces chiens à qui on fait porter une collerette, empêché de continuer à me bâfrer de toutes ces impressions : lumière, bruits, oiseaux, vent, tout ce que j'aimais, et même la pluie et l'orage. J'ai essayé d'évoquer des jours vraiment tristes, mais tout me semblait soudain si agréable. Je me suis efforcé d'imaginer une journée vraiment grise mais, sans que je le veuille, je me suis pris à penser à l'eau qui coule en cascade dans les gouttières. Comme elle peut mouiller. L'eau en général. L'eau comme principe. L'air qui se fait pluie. Les gouttes sur la peau. Les filles que j'avais vues sous la pluie. Leurs vêtements collés à la peau, et ce tableau *Les Parapluies*, de Renoir, que Sunita m'avait forcé à regarder avec elle et qu'à dire vrai je n'avais su apprécier qu'après coup, quand elle avait disparu. Quand tout ce qui me restait était ce à quoi elle m'avait ouvert les yeux. Quantité de choses qu'à présent j'aimais. Le mouvement lent de la sonate pour violoncelle et piano de Rachmaninov, par exemple. Et merde, j'étais accro !

J'ai secoué la tête et essayé d'évoquer des images de monstres affreux et d'horribles démons. Je tentais de les rendre aussi effrayants et dangereux que possible, mais j'avais beau forcer sur les queues, les langues et les crocs acérés, ce n'était jamais plus que des personnages de jeux vidéo, hauts en couleur. J'ai promené le regard dans la pièce, à la recherche de quelque chose de vraiment dangereux, triste ou du moins un peu déprimant, mais tout ce que je voyais était beau et rassurant, et provoquait en moi des associations positives. Mon cher canapé préféré, mes beaux coussins, cette fantastique affiche de M. C. Escher, avec ses perspectives décalées parfaitement mathématiques. L'humidité, les gouttelettes de cette pluie libératrice et riche en oxygène qui, de temps en temps, atteignaient mes avant-bras. Je continuais à être désespérément heureux.

Pour la première fois, j'ai eu la pensée vertigineuse que le montant de mon indice de Bonheur Vécu était peut-être même un peu sous-évalué.

22

Dix minutes plus tard, quand les hommes de WRD ont frappé à la porte, j'étais toujours contre le mur, dans la même position. J'en étais juste venu à songer à un été, voilà seulement quelques années, où j'avais pu emprunter la maison de vacances de Lena et Fredrik. Au début, je m'y étais senti un peu seul mais, les jours passant, de plus en plus libre. Et léger. À la fin, j'avais perdu la notion du temps, je ne savais plus mon âge. Je descendais doucement à vélo jusqu'à l'eau, dans la pluie d'été légère et chaude, et j'avais tous les âges à la fois. Je me suis lentement relevé pour aller ouvrir.

Ils m'ont salué poliment et m'ont laissé le temps de passer aux toilettes et de me changer avant de gagner le vaste complexe en granit, où nous nous sommes engouffrés dans un grand garage souterrain. Nous sommes descendus de voiture et montés en ascenseur directement jusqu'à l'étage où j'étais déjà venu à deux reprises. La pluie battait contre les grandes baies vitrées. On aurait dit des centaines de petits tambours.

Georg est venu nous accueillir. Il a salué de la tête les vigiles en leur faisant comprendre qu'ils pouvaient s'en aller. Cette fois-ci, il avait avec lui deux messieurs étrangers élégants, qui ne parlaient pas suédois. Il me les a présentés en anglais, et j'ai compris qu'ils venaient respectivement du bureau principal de Toronto et de la filiale de Conakry. Ils m'ont souri, ils semblaient aimables. Tous deux assez réservés. Ils pianotaient sur leurs portables tandis que nous attendions, et je me demandais bien ce qui allait se passer.

J'ai tendu le formulaire "Personne proche à prévenir" à Georg, qui s'en est étonné et l'a pris en hésitant.

"Ah, oui, ça… a-t-il dit lentement. Oui, je ne sais pas bien qui… C'est encore à titre expérimental pour le moment…"

Au bout d'un moment, un autre homme est venu chercher les deux messieurs étrangers. Georg est resté près du bureau et je me suis assis sur le canapé tandis que les autres disparaissaient dans la salle de réunion à la ventilation bruyante. Il a un peu regardé mon formulaire avant de s'en débarrasser sur le bureau.

"Ah, qu'est-ce que vous voulez…", a-t-il soupiré en secouant la tête.

Il s'est assis sur le fauteuil voisin et m'a regardé avec pitié. J'ai remarqué que je suais. J'ai regardé alentour pour voir s'il y avait des menottes, une cage ou quelque chose de ce genre.

"Et maintenant, qu'allez-vous faire?" ai-je demandé du ton le plus décontracté que je pouvais.

Il a secoué la tête.

"Non, je ne veux pas m'avancer, mais ça ne s'annonce pas bien. Pas bien du tout…"

Tous ceux qui passaient semblaient tout à fait normaux et absorbés par leurs préoccupations. Personne ne me regardait bizarrement, aussi en ai-je déduit que seul un petit groupe au sein de WRD était pour le moment au courant de mes déboires et de ce qui m'attendait.

J'avais du mal à rester tranquille. Je me suis retourné pour essayer de voir à l'intérieur de la cage de verre qui servait d'ordinaire aux réunions et où un grand nombre de personnes se penchait à présent autour de la table. L'une d'elles gesticulait en agitant les bras. Ils semblaient attendre un signal particulier ou un dernier participant. J'ai respiré à fond en essayant d'empêcher mes mains posées sur mes genoux de trembler.

"Pourquoi moi?" ai-je presque chuchoté à Georg.

Il a haussé les épaules. Comme s'il était impossible d'apporter une réponse simple à cette question.

"Et tous les millionnaires, alors?"

Il a souri, en passant une main dans ses cheveux peut-être teints.

"Croyez-moi, nous nous en occupons aussi. Naturellement, la plupart des gens riches reçoivent eux aussi une facture conséquente. Mais ce n'est pas si simple. Laissez-moi vous donner un exemple. Je vais vous parler du cas de… voyons, appelons-le Kjell."

Il s'est redressé dans le fauteuil et s'est penché vers moi.

"Kjell travaillait à l'usine de Stegsta et menait une vie tranquille à tous égards. La plupart du temps, il restait dans son coin. Travailleur consciencieux et économe, il s'est vu très tôt proposer l'achat d'actions AB Stegsta qui, assez vite, sont montées en flèche. Après seulement deux ou trois ans, leur valeur ayant quintuplé, Kjell a tout vendu en empochant un solide bénéfice. Il s'est ainsi trouvé à la tête d'une petite fortune qu'il a bien gérée tout en continuant à travailler comme d'habitude. Chaque année, son capital croissait, en fonds de pension et placements divers. Quand je lui ai demandé s'il n'avait pas l'intention de se faire un peu plaisir avec tout cet argent, il m'a répondu qu'il visait un départ précoce à la retraite, pour profiter alors des années les plus gaies de sa vie. Je me suis dit que si quelqu'un avait un caractère gai, c'était bien Kjell et, en effet, il a pris sa retraite dès cinquante-cinq ans. Le premier jour après avoir cessé de travailler, il m'a téléphoné, triomphant : « Enfin ! Enfin je suis libre. »

Pendant six mois, je n'ai plus entendu parler de lui. Ce n'était pas inhabituel. Il n'était pas du genre sociable, et j'ai supposé qu'il était aux Bahamas, ou en croisière de luxe, ou tout ce qu'on peut imaginer pour quelqu'un qui a beaucoup de temps libre et d'importants moyens. Quand il m'a appelé, la fois suivante, c'était depuis les urgences psychiatriques.

Il était en pleine crise d'angoisse. Sa dépression n'était pas la petite déprime qui fait trouver la vie tristounette. Ni celle qui incite à changer sa façon de penser, à reprendre sa vie en main, à manger plus sainement, à être attentif aux petits plaisirs de la vie et ce genre de choses. Pour lui, il s'agissait bien d'arriver à se lever chaque matin. De ne pas tout envoyer valser pour en finir une bonne fois pour toutes. Il s'agissait à chaque instant de décider de continuer à vivre. De résister un jour de plus à prendre la tangente, une heure de plus, une minute de plus. Il m'a dit qu'aux pires moments, il regardait sa montre, le souffle court, en attendant la rechute des ténèbres."

Georg s'est à nouveau calé au fond de son fauteuil.

"Les points d'indice BV qu'il avait accumulés grâce à ses succès économiques sont tombés comme les pétales des cerisiers en mai, dès lors que la *résistance* lui avait été ôtée."

Il m'a regardé pour voir si j'avais bien compris.

"Bien sûr, il y a des cas particuliers, ai-je contré. Mais les autres, alors ? Ceux qui passent leur temps à faire la fête. Qui ont plein d'amis

165

et de connaissances. Des voitures de sport. Des amants et des amantes. Je n'ai rien de tout ça.

— Un grand entourage, ça peut naturellement être bien, a-t-il repris. Faire souvent la fête aussi. Mais c'est la qualité qui compte. Trop de contacts s'accompagne souvent de stress – ce qui réduit l'indice BV. L'augmentation des moyens financiers entraîne aussi des attentes plus élevées. Et il arrive aussi que certaines choses, à première vue négatives, produisent dans la bonne combinaison un énorme bonus. Réfléchissez-y vous-même, tout ce qui a trait à la douleur et à la jouissance. Comment croyez-vous que nous traitions les adeptes du sadomasochisme?"

Il a haussé les sourcils. Je n'ai rien trouvé à répondre.

"Et les enfants, alors? Je n'ai même pas d'enfants. C'est pourtant eux à la fin le sens de…"

Il a soupiré en se frottant l'œil d'un doigt.

"Vous vous obstinez à considérer des éléments isolés. Un concept donné ne signifie rien en soi. Il n'existe pas de fait positif indépendant. Ou d'événement heureux isolé. De plus, je veux me souvenir qu'il y a chez vous un neveu quelque part dans le tableau…"

J'ai secoué la tête en soupirant.

"Vous êtes si malins."

Il a ri et m'a regardé, en levant les mains, l'air de dire : "N'en jetez plus."

"Vous voyez bien, a dit Georg. Cette façon que vous avez d'être impressionné par tout ce qui vous arrive. Dans notre matrice… eh bien, comment dire? Ça cartonne.

— Mais j'ai toujours été si prudent, ai-je marmonné en secouant lentement la tête. Je n'ai jamais vraiment pris ma part du gâteau…"

Il m'a regardé comme s'il se demandait où je pouvais vouloir en venir. Comme s'il n'arrivait pas à savoir si mon raisonnement menait quelque part ou si j'étais juste du genre à pédaler dans la choucroute pour gagner du temps.

"Bon, c'est vrai, il y a en tout des avantages et des inconvénients. Mais dans votre cas… eh bien, le moins qu'on puisse dire, c'est que les bénéfices l'emportent."

Il m'a regardé dans les yeux.

"Car vous comprenez bien que pas grand monde n'approche, même de loin, votre niveau?"

J'ai hoché la tête et détourné les yeux vers la fenêtre, où la pluie traçait de longues stries. Comme des petites rivières. Il a plissé les yeux.

"Vous avez maintenu une sorte de flux constant. Et avec si peu d'efforts personnels. C'est rare. Absolument fascinant.

— Oui, oui, bien sûr. C'est juste que je m'attendais à…

— Quoi? Qu'attendiez-vous?"

Il m'a dévisagé.

"Plus?!" s'est-il exclamé.

Je me suis tortillé sur mon siège.

"Il doit y avoir des gens qui ont vécu… comment dire? Beaucoup plus passionnément. Qui ont cédé à leurs désirs. Je ne sais pas, moi… Baisé? Sniffé?

— La plupart des préparations narcotiques ont aussi un côté négatif, a-t-il dit sèchement. Je suppose que vous êtes au courant."

J'ai hoché la tête.

"C'est là un trait typiquement masculin, a-t-il ajouté. On en veut toujours plus pour son argent.

— Ah oui? Pourtant… Une de mes amies…"

Il a désapprouvé de la tête.

"Vous ne devez pas vous comparer.

— Oui, mais il se trouve qu'on l'a fait. Et elle qui… Voilà, j'ai appris le montant qu'elle devait et, pour moi, il est invraisemblable qu'elle écope d'une somme aussi inférieure à la mienne.

— Encore une fois…

— Je voudrais juste comprendre."

Il a croisé les bras.

"Que fait votre amie?

— Elle travaille i… enfin je veux dire, elle… elle a un travail qui ressemble au vôtre…"

Au moment où je me suis dit qu'il ne fallait pour rien au monde que mon langage corporel me trahisse, je me suis rendu compte que j'avais déjà lorgné en direction de la salle de réunion. Il m'a regardé. Soudain très grave. Il est resté un long moment silencieux à me dévisager sans cligner des yeux.

"Je ne parle pas de son travail, a-t-il lentement articulé tout en lorgnant lui aussi vers la pièce vitrée où étaient réunis tous les autres. Je parle de sa façon d'être. Comment se comporte-t-elle? Quels sont ses actes et dans quelle mesure contribuent-ils à son bien-être?

— Euh, je ne sais pas bien. Je veux dire, je ne la connais pas sous cet angle-là…

— Ouais, a-t-il coupé en se penchant à nouveau vers moi. Vous n'en avez pas la moindre idée, n'est-ce pas? Vous ne savez par exemple rien de l'influence psychosociale que ses tâches professionnelles ont sur elle. Ou du nombre d'interactions négatives à l'œuvre dans sa vie?"

J'ai secoué la tête en cherchant mes mots.

"Elle… eh bien, elle n'a pas l'air si déprimée que ça. Nous nous entendons assez bien en tout cas…"

Sans m'écouter, il a continué :

"Et vous ne savez rien de son quotidien, de la dépersonnalisation de son travail. Et vous savez quoi…"

Il s'est approché de moi en baissant la voix, comme pour chuchoter.

"Si j'étais vous, je ferais profil bas, au sujet de cette « amie »."

Il a lorgné vers la salle de réunion, où le groupe se préparait à mon arrivée.

"Ne serait-ce que dans son intérêt…"

L'homme qui avait fait entrer les deux messieurs étrangers un moment auparavant est soudain apparu devant moi.

169

"Nous sommes prêts. Vous pouvez entrer."

Je me suis retourné, sentant mon pouls s'emballer. Georg était déjà debout et j'allais me lever quand j'ai compris que c'était le moment de saisir ma chance. Aurais-je seulement d'autres occasions ? Je suis retombé au fond de mon siège.

"Je veux que Maud soit là.

— Maud ? a dit l'homme. Quelle Maud ?

— Maud Andersson."

Il a regardé autour de lui.

"Il n'y a pas de Maud, ici.

— Si. Maud Andersson. Je veux qu'elle soit là."

Georg s'est tourné vers le nouveau.

"Elle travaille apparemment au niveau deux. C'était sa personne de contact.

— Ah bon ? a-t-il fait d'un air indifférent, comme s'il se demandait ce que cela changeait.

— Tu peux bien leur demander d'appeler en bas et voir si elle est là, a dit Georg.

— C'est ça, ai-je dit. Moi, en attendant, je reste ici."

Le nouveau m'a regardé un instant, puis est allé à l'accueil parler avec la réceptionniste.

Georg s'est rassis et m'a regardé. Au bout d'un moment, il s'est penché vers moi.

"Juste un conseil. S'il s'avère que votre « amie » a interagi avec vous d'une manière inappropriée, cela peut nous conduire à ne plus pouvoir la garder ici. Vous comprenez ? Ce n'est pas ce que vous voulez, n'est-ce pas ? Vous voulez qu'elle garde son travail ?"

Je crois que j'ai hoché la tête. Il s'est à nouveau calé au fond de son fauteuil. Nous sommes restés un moment comme ça, sans rien dire. Le nouveau a fini par revenir.

"Voilà. Elle monte."

23

Cette fois-ci, ils étaient quatre. Plus les deux
messieurs étrangers. Un autre homme avec
un certain embonpoint et très peu de cheveux
autour des oreilles avait pris place à un bout
de la table, où s'empilaient des documents me
concernant. Je me suis assis à la même place que
les fois précédentes.

L'homme imposant et chauve a dit s'appeler
Pierre et devait être leur supérieur hiérarchique car,
tant qu'il parlait, les autres l'écoutaient religieuse-
ment. Il a plissé les yeux et m'a dévisagé. Il est resté
un long moment comme ça, juste à me regarder.

"Vous avez eu la belle vie, si j'ai bien compris?"

J'ai hoché la tête.

"Sans payer l'addition."

J'ai encore hoché la tête. Il a fait approcher
les deux messieurs étrangers et leur a montré
quelque chose dans ses papiers, qui leur a fait
hausser les sourcils. L'un d'eux a sifflé. "Waouh!"
a fait l'autre en m'adressant un hochement de

tête admiratif. Tous deux ayant regagné leur place, Pierre s'est de nouveau tourné vers moi.

"Vous vous retrouvez en conséquence avec une dette d'un montant significatif."

On a alors entendu frapper timidement à la porte.

Et c'est là qu'elle est arrivée, enfin.

De l'autre côté de la baie vitrée se tenait une femme aux cheveux châtains noués en touffe. Elle portait un polo noir et une veste avec beaucoup de poches très pratiques. Une jupe en velours marron et de fins bas noirs. Ses mains jointes devant son ventre serraient la poignée d'une serviette. Ils lui ont ouvert la porte, elle a avancé de deux pas, fait un signe de tête à ses collègues et, quand Georg est venu la saluer, je l'ai vue redresser le dos et comme se tendre un peu sur la pointe des pieds, de sorte que les talons de ses chaussures noir mat à boucles blanches se sont un peu soulevés au-dessus du sol.

Elle s'est tournée vers moi. J'ai remarqué que je m'étais levé.

Georg lui a indiqué un fauteuil à côté de moi. Elle est venue dans ma direction, a pris sa serviette dans une main et m'a tendu l'autre.

"Qu'est-ce qu'elle fait ici, celle-là ? a sifflé Pierre à la femme au nom de banque.

— C'est sa personne de contact. Il a demandé sa présence."

Le regard sceptique de Pierre est passé de Maud à moi.

"Bah…" a-t-il marmonné.

"Maud", s'est-elle présentée à voix basse, et je me suis vu sourire en entendant sa voix. Elle a souri elle aussi. C'était comme si elle souriait à mon sourire et moi au sien et elle de plus belle au mien et ainsi de suite, à l'infini. Ce sourire dévoilait la denture la mieux soignée qui soit, quoique légèrement irrégulière. Une des dents était de travers et semblait me faire signe à la commissure de ses lèvres tandis qu'elle me souriait. Une petite mèche de cheveux échappée de la touffe pendait d'un côté du visage et devait chatouiller sa joue douce et légèrement rougissante dès qu'elle tournait la tête dans quelque direction que ce soit. Elle dégageait un vague parfum de café et de déodorant pharmaceutique.

"Enchantée, m'a-t-elle dit.

— Moi de même."

Elle portait un petit collier sur ce fantastique polo moitié coton, moitié polyester. Ça ressemblait à un dauphin, mais ce pouvait aussi être n'importe quel poisson. Un pli juste au-dessous du menton tressaillait un peu quand elle parlait. Il semblait doux et lisse. J'aurais aimé le toucher.

"Bon, dit Pierre. Très bien."

Il tapotait impatiemment du stylo sur la table. Visiblement très dérangé par cette petite interruption. Il faisait claquer ses lèvres sans bruit en attendant que Maud se soit installée à côté de moi. Elle a posé sa serviette par terre contre sa chaise, en a sorti un bloc et un stylo puis a vite tiré quelques traits dans un coin de page pour s'assurer qu'il fonctionnait.

"Je disais donc, a repris Pierre dès qu'elle a été installée. En somme, vous vous êtes endetté jusqu'au cou."

Il a regardé autour de lui.

"Vous êtes ainsi entré dans la catégorie que nous appelons 6:3. C'est la raison pour laquelle nous avons procédé à un inventaire de votre domicile, qui a donné un résultat... nul."

Il a désigné d'un geste mou l'un des papiers qu'il avait devant lui, sans qu'il soit possible de distinguer lequel.

"*Zéro*", a-t-il dit aux deux messieurs en bout de table, et, pour être encore plus clair, d'une voix assez forte et exagérément articulée, tourné vers moi : "Vous ne possédez rien de valeur."

Comme je ne savais pas quoi faire, j'ai légèrement hoché la tête, pour montrer que j'avais entendu.

"Aucun diplôme et donc aucune possibilité d'augmentation des revenus...

— Sauf si je gagnais au loto", ai-je dit sur un coup de tête, tentant nerveusement de plaisanter.

J'ai regardé Maud, qui restait impassible.

Pierre a souri avec indulgence et a aussitôt repris :

"Bon, et nous ne pouvons quand même pas vous tuer."

Il a souri aux représentants étrangers, et les représentants lui ont souri à leur tour. J'ai soudain senti mes mains devenir moites. Il s'est penché vers moi au-dessus de la table.

"Y a-t-il d'autres personnes que vous ayez fréquentées sans les déclarer ?"

J'ai secoué la tête.

"Et vous en êtes certain ?"

Je ne pouvais m'empêcher de lorgner un peu du côté de Maud, mais elle continuait à regarder droit devant elle.

"Oui, que je sache. C'est important ?"

Pierre ne me quittait pas des yeux en parlant. Comme pour guetter ma réaction à ce qu'il disait.

"Avec ce type de perception positive, nous avons lieu de penser que votre entourage bénéficie d'un certain, comment dire, bénéfice passif. Cela pourrait entraîner une augmentation drastique de leur indice BV. À condition, bien entendu, que leur cas vienne à être réexaminé."

J'ai remarqué qu'une des caméras de surveillance, au plafond, avait tout à coup un peu bougé. Il y avait probablement d'autres personnes en train de nous observer. Peut-être en direct d'autres pays ?

Il est resté un moment à agiter son stylo en l'air. Soudain, il a joint les mains et fait un signe aux autres, qui se sont tous levés. Puis s'est tourné vers Maud.

"S'il vous plaît, veuillez rester ici avec le sujet pendant que nous nous consultons un peu en privé."

Maud a opiné du chef.

Ces messieurs sont sortis et, bientôt, nous nous sommes retrouvés seuls tous les deux dans la pièce. Je me suis aussitôt tourné vers elle, mais elle s'est vite raclé la gorge en lorgnant vers une des caméras, pour me rappeler que nous étions probablement toujours surveillés et que ce n'était pas le lieu pour parler librement. J'ai alors détourné les yeux et nous sommes restés là assis côte à côte en silence, comme deux passagers dans un train, à écouter le sifflement de la ventilation, au plafond.

Au bout d'un moment, elle a posé le bras sur la table pour remettre un papier à sa place. La manche de sa veste était un peu remontée, si bien qu'une bonne partie de son avant-bras était posée nue sur la table, juste contre moi. J'ai attendu un peu, peut-être une demi-minute, puis j'ai posé mon bras juste à côté. Pas trop près, mais pas non plus très loin.

Nous sommes restés un moment ainsi. Rien ne se passait. Maud feuilletait un peu ses documents de l'autre main, et j'ai alors compris comment étaient produits les froissements de papier que j'avais si souvent entendus au téléphone. Elle rabattait quelques pages pour vérifier quelque chose, puis les refermait, avant de vérifier à nouveau. Tout ça d'une seule main. Son bras, près du mien, ne bougeait pas. Nous entendions tous deux discuter dehors. Plusieurs voix dans de nombreuses langues. Il était toujours impossible de voir quoi que ce soit, mais à l'entendre, il semblait que tout l'étage participait à cette bruyante conversation. Il n'y avait que dans notre pièce à Maud et moi que régnaient le calme et le silence.

Peu à peu, elle a fait glisser un de ses papiers, et a pour ainsi dire été forcée de suivre le mouvement avec le bras de mon côté. Nous étions tout proches. J'ai inspiré à fond et renversé la main de sorte que son dos a touché le dos de la sienne. À cet instant, elle a figé son mouvement et tout s'est arrêté. Il n'y avait plus que les voix au-dehors, le vague martellement de la pluie et la poussière en suspension qui bougeait lentement. Aucun de nous deux ne disait rien. Nous regardions toujours droit devant nous la paroi de verre dépoli, comme s'il y avait quelque chose d'intéressant à y voir. Et c'est avec un mouvement minuscule, presque imperceptible à l'œil, absolument invisible depuis par exemple une caméra de vidéosurveillance fixée au plafond, que son petit doigt a bougé contre le dos de ma main, tandis que, peu à peu, nos respirations prenaient le même rythme.

La porte s'est ouverte et toute la délégation a regagné la pièce. Nos mains se sont séparées aussi rapidement et silencieusement qu'elles s'étaient rencontrées. Tous sauf Pierre ont repris leur place autour de la table. Les bras croisés, il s'est mis à aller et venir le long d'un des murs. Après plusieurs allers-retours, il s'est assis en face de nous et a souri à Maud.

Il s'est alors tourné vers moi et son sourire s'est éteint.

"Désolé de vous avoir fait attendre", a-t-il dit avant d'inspirer à fond et de souffler lentement en joignant les mains au-dessus de la table.

Il a appuyé sa tête sur ses poings, est resté un moment ainsi à me regarder en attendant que tous les mouvements cessent dans la pièce, puis a continué à parler d'une voix calme et rassurante.

"Eh bien voilà. Nous nous apprêtons à investir des moyens particulièrement coûteux dans ce qui s'annonce une tentative de recouvrement extrêmement peu rentable."

Il fit un tour de table et son regard revint se poser sur moi.

"Nous pourrions bien sûr continuer avec vous et procéder à de nouvelles… mais j'ai peine à croire que cela puisse donner quoi que ce soit… pas vous?"

J'ai hoché la tête. Me disant qu'il valait mieux être d'accord.

"À moins, a-t-il continué un peu sur le ton de la plaisanterie, que vous ayez quelques perspectives de promotion chez euh… *Les Bobines de Jojo?*"

J'ai secoué la tête. Il a fait un petit sourire qui n'arrivait pas jusqu'à ses yeux.

"Non, c'est bien ce qui me semblait."

Il a un peu fermé les yeux, comme s'il réfléchissait à la façon de formuler la chose. Puis il a ouvert les paupières et m'a regardé droit dans les yeux.

"Rien que le coût de votre isolement et, oui, je vois là que même dans les situations les plus confinées vous faites preuve d'une capacité à mobiliser une certaine, voyons, comment dire…"

Il a cherché un papier particulier du regard. La femme au nom de banque et les autres se sont dépêchés de trouver le bon, mais une fois le document sorti et placé sous ses yeux, il s'est contenté de le rejeter d'un geste avant de se tourner à nouveau vers moi.

"Vous savez ce qu'on a l'habitude de dire : si vous devez un million à la banque, c'est votre problème, mais si vous en devez cent…"

J'ai hoché la tête. Oui, j'avais entendu ce dicton. Il a encore baissé la voix et pris un ton plus incisif. Toute la pièce retenait son souffle.

"Donc ce que je vais vous proposer doit rester entre nous. Vous comprenez? Cela ne doit à aucun prix sortir d'ici."

Il m'a fixé avec insistance et, comme je n'étais pas certain d'avoir cessé de hocher la tête depuis la dernière fois, je l'ai hochée un grand coup pour bien lui montrer que je le recevais cinq sur cinq.

Sans me quitter des yeux, il a fait signe d'approcher à une femme qui attendait dehors et que ces messieurs ont aidée à pousser un chariot dans la salle de réunion. Dessus, un tas de documents de vingt centimètres de haut.

"Notez bien… a-t-il ajouté tandis que le chariot et le tas de papiers étaient placés près de moi, que la dette demeure. Si, contre toute attente, vous veniez à gagner au loto…"

Il a souri de travers.

"Mais en attendant…"

Il s'est penché encore plus près. Je pouvais sentir son haleine. Une vague odeur de curry et d'acidité gastrique. Il s'est passé une main sur le menton, comme s'il ne s'était pas vraiment décidé.

"… nous n'allons pas exiger de vous d'effort particulier pour la rembourser. Elle est tout simplement gelée."

Je me taisais. Pierre a repris :

"Nous sommes bien d'accord ?"

J'ai regardé un instant Maud, mais comme elle était occupée à remplir une sorte de formulaire, le dos très droit, je me suis à nouveau tourné vers Pierre. Je voyais la sueur qui perlait sur sa lèvre supérieure briller à la lueur des néons. J'ai remarqué que Maud avait commencé à rassembler ses affaires, et elle m'a peut-être un peu touché sous la table en se penchant pour remettre quelques papiers dans sa serviette. Je n'en suis pas sûr.

"Est-ce que cela signifie…" ai-je commencé.

Les trois hommes m'ont regardé et j'ai senti Maud elle aussi se tendre près de moi. C'était comme s'ils redoutaient soudain une initiative de ma part qui aurait compromis cet accord. Même les messieurs étrangers s'étaient redressés.

"Est-ce que cela signifie que je peux continuer à vivre à peu près comme avant ?"

Pierre m'a regardé d'un air sombre. Il a lentement hoché la tête.

"Pourvu que… a commencé Pierre en me tendant un stylo. Pourvu que vous paraphiez là. Sur chaque page. Vous comprenez, c'est une clause de totale confidentialité."

Je me suis penché vers le premier papier de la pile.

24

En bas, près du kiosque à glaces, ce soir-là, j'ai à nouveau aperçu la fille aux colliers, que j'avais reconnue à l'accueil de WRD et dont j'avais surpris la conversation téléphonique dans l'escalier. Elle arrivait à pas rapides de l'arrêt de bus. Elle semblait éprouvée. Une profonde ride au front, elle est passée en hâte. Sans acheter de glace. Peut-être était-elle contrainte d'économiser son argent?

C'était une soirée merveilleuse, l'air était frais après la lourde pluie. Le ciel, les arbres et les gens se reflétaient ici et là dans de petites flaques qui séchaient lentement au doux soleil du soir. C'était comme si tout prenait un nouveau départ.

Le téléphone a vibré dans ma poche. Je l'ai sorti et j'ai vu à l'écran que c'était Roger. Je me suis demandé s'il avait vendu son bateau. Il a laissé sonner une seule fois puis a raccroché. L'opération s'est répétée plusieurs fois, puis un SMS est arrivé.

Appelle-moi!

J'ai compris que c'était urgent. C'était la deuxième fois cette semaine qu'il faisait les frais d'un SMS. Je ne pense pas avoir jamais reçu de SMS de Roger avant ça. À part une fois où il était allé à un stage de développement personnel et où j'avais, à l'improviste, reçu un message avec le texte *Je te trouve avenant, passionnant, et te considère comme un très bon ami. Chaleureusement Roger.* C'était le frère de Roger, Eric, qui s'était aperçu, au dernier moment, qu'il ne pouvait pas aller à ce stage qu'il avait réservé et payé. Mais c'était en pension complète et, pour cette raison, Roger avait décidé de s'y rendre à sa place. Ce message aimable s'était avéré être la phase finale d'un exercice consistant à montrer aux autres qu'on les appréciait. Le message était une sorte de SMS groupé envoyé gratuitement depuis l'un des ordinateurs du stage. "J'ai dû l'adapter un peu pour que ça convienne à tout le monde", m'avait-il par la suite expliqué, alors que je lui demandais ce qu'il avait exactement voulu dire avec cet "avenant".

Je l'ai appelé, et il a répondu dès la première sonnerie.

"Bon, écoute. Je viens de recevoir un de ces formulaires.

— Quel formulaire?

— Du WRD. J'ai évidemment fait appel, hein. Et là, j'ai enfin obtenu qu'ils réexaminent mon cas. Et comme ça, j'ai reçu un formulaire pour les « vides » ou les « lacunes », ou je ne sais quoi. En gros, les trous dans leurs contrôles, qu'on peut soi-même combler…

— D'accord.

— Il y a certains jours et certains horaires que l'on peut compléter en précisant qui on a rencontré, tout ça. Puis ils doivent sûrement contrôler pour avoir confirmation auprès de la personne indiquée."

J'ai enfilé ma veste. Non qu'il fasse froid, mais je voulais être un peu mieux habillé. Parmi les reçus et les vieilles pastilles contre la toux, j'ai senti dans ma poche un nouveau papier. Je l'ai sorti et j'y ai vu un numéro de téléphone et un nom. Maud. J'ai regardé le numéro, il était différent de celui où je l'avais appelée jusqu'alors. Un numéro de portable.

"Bon, a continué Roger. Alors je me suis dit que j'allais donner ton nom, direct."

J'ai caressé du doigt les chiffres sur le papier. Elle avait écrit en attaché, assez petit. Une écriture un peu penchée, comme chantournée, à l'ancienne.

"Qu'est-ce que tu disais ?

— Ben voilà, j'ai pensé que ce serait plus simple comme ça, quoi. Et tu n'as pas besoin d'inventer des salades ou quoi que ce soit. À part dire « oui » s'ils te demandent."

J'ai plié le papier de Maud et je l'ai rangé dans ma poche intérieure. Un ballon a roulé vers moi, un petit garçon à sa poursuite. J'ai arrêté le ballon, que le garçon a attrapé sans un regard.

"Attends, là. Qu'est-ce que tu disais?

— Alors voilà, je suis quand même pas débile, j'ai pigé que plus tu indiques de gens que tu vois, de trucs sympas que tu fais, et tout ça, plus ils te mettent un max de points sur le dos. Alors je me suis dit que… rien, je vais donner ton nom, chaque fois."

Je me suis tu un instant.

"Oh! Allô! T'es encore là? a crié Roger à l'autre bout du fil.

— Euh, ai-je commencé. Je crois que… non."

Il était essoufflé, comme d'habitude, et je me suis demandé où il allait.

"Écoute, il n'y a pas d'embrouille, a-t-il continué. S'ils appellent pour te demander, tu n'auras qu'à dire : Oui, j'ai vu Roger. Et c'est tout.

— Non. Je ne crois pas que ce soit une bonne idée.

— Quoi? Pourquoi non?"

Il a soupiré.

"Enfin, tu n'es pas forcé de mentir. Tu dois juste… confirmer, quoi.

— Bof.

— Merde, ce que tu fais comme chichis, tout d'un coup! Ça nous *arrive* de nous voir, non? Je n'ai pas le courage d'indiquer tous les autres que… Enfin, je te fais honte, ou quoi?

— Bien sûr que non. Je pense juste que, comment dire, le fait de se voir… eh bien, ça risque peut-être de pas mal augmenter tes points."

Une nouvelle fois, il s'est tu assez longtemps. Je l'entendais respirer par le nez.

"Qu'est-ce que tu veux dire par là? a-t-il fini par demander.

— Enfin je veux dire… Tu ne peux pas plutôt juste essayer de te souvenir ce que tu as vraiment fait, pour de bon?"

Il a ricané.

"T'as peur qu'ils t'augmentent, ou quoi? Parce que tu aurais traîné avec moi? Je veux dire, c'est comme ça. On se connaît. Non? Tu le nies?

— Non. Bien sûr que non. Je veux juste dire…

— Ah, ah! s'est exclamé Roger, comme s'il venait soudain de voir le fond de ma pensée. Tu crois qu'ils vont augmenter ton indice parce que tu m'auras vu souvent. C'est ça?

— Non, je ne crois pas.

— Mais oui, c'est ça! Avoue!

— Je t'en prie, Roger, ne fais pas…

— Quoi? s'est-il impatienté.

— Ne fais pas ça, c'est tout!"

Il a gardé le silence un long moment, comme s'il réfléchissait. Il a soupiré.

"Bon, a-t-il dit. Je ne peux pas passer mon temps à me plier en quatre pour toi, merde. Je suis désolé.

— Mais tu peux quand même… Tu peux quand même écrire qu'on se parle surtout au téléphone.

— Mais qu'est-ce que t'as, à la fin? a crié Roger. Tu pourrais quand même me rendre un petit service, pour une fois, merde!"

Le ballon du garçon est revenu à toute allure, mais cette fois bien trop loin de moi pour que je puisse l'intercepter. Il s'est arrêté en éclaboussant dans une flaque.

"Bon, d'accord, ai-je dit. Fais comme tu veux."

Et nous avons raccroché sans que je sache comment il s'était arrangé pour son bateau.

J'ai sorti le papier avec le numéro de Maud. Caressé à nouveau les chiffres du doigt, avant de le refourrer dans ma poche. Je me suis demandé si j'oserais l'inviter chez moi. En avais-je le droit ? Prendrait-elle le risque ? Qu'en serait-il alors de ses plans de carrière ? Mais elle m'avait bien dit que seuls les événements antérieurs étaient pris en compte. Et ces types m'avaient bien signifié que je pouvais continuer à vivre comme si de rien n'était.

J'ai marché lentement au hasard dans la ville en regardant les gens autour de moi. Jeunes, mûrs. Une petite fille est passée sur un grand vélo de dame rouge. Quelque part une radio passait *Clouds* de Frank Sinatra. Un vol d'oiseau a tournoyé en l'air comme un seul corps. Font-ils ainsi pour paraître plus gros qu'ils ne le sont aux yeux des prédateurs, ou bien pour que les prédateurs ne puissent pas viser un individu en particulier ?

Je voyais tous les éléments familiers de mon existence. Les maisons, les rues, les arbres. Le kiosque à glaces et les boutiques. Les clients des restaurants. Les affiches aux murs et les manchettes des journaux du soir. Du bout des doigts, j'ai senti le papier dans ma poche. Moi seul, ici, savais que j'étais probablement l'homme le plus heureux du pays. Et cela tout à fait gratuitement. J'ai inspiré à fond l'air doux de l'été. Je me suis dit que je me prendrais bien une glace. Pourquoi pas menthe-chocolat et framboise, mes deux parfums préférés ?

OUVRAGE RÉALISÉ
PAR L'ATELIER GRAPHIQUE ACTES SUD
REPRODUIT ET ACHEVÉ D'IMPRIMER
EN MAI 2015
PAR NORMANDIE ROTO IMPRESSION S.A.S.
À LONRAI
POUR LE COMPTE DES ÉDITIONS
ACTES SUD
LE MÉJAN
PLACE NINA-BERBEROVA
13200 ARLES

DÉPÔT LÉGAL
1re ÉDITION : JUIN 2015
N° impr. : 1502075
(Imprimé en France)